www.ingramcontent.com/pod-product-compliance
Lightning Source LLC
LaVergne TN
LVHW050819051026
849532LV00008B/3024
* 9 7 8 9 3 6 9 0 8 0 0 1 4 *

جانِ عالم کا پری خانہ

(ناولٹ)

الیاس سیتاپوری

Jaan-e-Aalam ka pari-khaana *(Novelette)*
by: Ilyas Sitapuri
Edition: February '2025
Publisher :
Taemeer Publications LLC (Michigan, USA / Hyderabad, India)

ISBN 978-93-6908-001-4

کتاب	:	**جانِ عالم کا پری خانہ** (ناولٹ)
مصنف	:	**الیاس سیتاپوری**
صنف	:	تاریخی فکشن
ناشر	:	تعمیر پبلی کیشنز (حیدرآباد، انڈیا)
سالِ اشاعت	:	۲۰۲۵ء
صفحات	:	۶۰
سرورق ڈیزائن	:	تعمیر ویب ڈیزائن

رات اپنا سفر ختم کر رہی تھی، پچھلے پہر کا سناٹا آخری سانسیں لے رہا تھا۔ لکھنؤ کے گلی کوچے سنسان اور اداس تھے۔ کسی کسی لمحے کہیں دور سے شہر کوتوال کے قرنے کی آواز سنائی دے جاتی تھی، فضا ابر آلود تھی اور ٹھنڈی ٹھنڈی ہوا میں ذرا ذرا وقفے سے پھوار بھی شامل ہو جاتی تھی، اسی عالم میں گولہ گنج کی طرف سے ایک بگھی آتی دکھائی دی۔ بھاری بھرکم بڑے توند والا شہر کوتوال چوکنا ہو گیا۔ بگھی کے پہیوں اور گھوڑے کی ٹاپوں کی آوازیں قریب آتی جا رہی تھیں۔ اس نے اپنے گھوڑے کو ایک دکان کی آڑ میں کھڑا کر لیا اور بگھی کی آہٹ پر کان لگا دیئے۔ شہر کوتوال نے اپنے گھوڑے کی لگام نہایت مستعدی سے یوں پکڑ لی جیسے گھڑ دوڑ کے سوار مستعد اور چوکس لگام پکڑے گھڑ دوڑ کے انتظار میں رہتے ہیں۔ ذرا دیر بعد دو گھوڑوں والی بگھی سڑک پر نمودار ہوئی اور شہر کوتوال کسی لٹیرے کی طرح اپنا گھوڑا دوڑا کے سڑک کے بیچوں بیچ راستہ روک کر کھڑا ہو گیا۔ کوچوان نے اچانک جو راسیں کھینچیں تو گھوڑے پھسل سے گئے اور ان کی نعلوں کی رگڑ سے درختوں کے سائے میں سڑک سے چنگاریاں سی اڑنے لگیں۔

کوتوال نے کوچوان کو نیچے اتار دیا۔ پوچھا۔ "اس رات کی تنہائی اور سناٹے میں تم کسے اور کہاں لئے جا رہے ہو؟"

کوچوان ذرا بھی نہ گھبرایا۔ بولا۔ "ارے بھائی غلام رضا، دیکھو۔ اپنے کوتوال صاحب کیا پوچھ رہے ہیں؟"

آواز کے فوراً بعد ایک چھبیس ستائیس سالہ شخص بگھی سے نیچے اُتر پڑا اور شہر کوتوال کا چہرہ بگھی کی لالٹین کی روشنی میں غور سے دیکھنے لگا۔ کوتوال نے درشت لہجے میں کہا۔ "ہمارے سوالات کے مختصر جواب دو اور دیکھو خبردار جو تم میں سے کسی ایک نے بھی بھاگ نکلنے کی کوشش کی تو میں اسے اپنے طمنچے سے ہلاک کر دوں گا۔"

کوتوال نے طمنچے کی نال کا رُخ کوچوان کے سینے کی طرف کر دیا۔

"اے بھائی شہر کوتوال صاحب!" بگھی سے اُترنے والے نے نہایت بے خوفی اور اطمینان سے کوتوال کو مخاطب کیا۔ "یہ اپنا طمنچہ چھپالو، ہمارے سامنے اس کی نمائش مت کرو۔ ورنہ تم جانو اس کا کیا انجام ہو گا!"

شہر کوتوال اس ہتک آمیز طرزِ تخاطب کو برداشت نہ کر سکا۔ اس نے اس اجنبی کا گریبان پکڑ لیا اجنبی نے سنبھلنے کی کوشش کی لیکن لڑکھڑا گیا اور اس کے کاندھے پر پڑی ہوئی چادر سڑک پر گر گئی اس شخص نے پھرتی سے چادر اٹھا کے پھر کاندھے پر ڈال لی اور غصے میں شہر کوتوال کو ڈانٹا۔ "کوتوال صاحب تم ہمیں پہچانتے نہیں ہو، بخدا اگر تم ہمیں پہچان لیتے تو ایسی ناشائستہ اور گنوار حرکت قطعی نہ کرتے!"

کوتوال پر اس دھمکی کا کوئی اثر نہ ہوا۔ اجنبی کا گریبان اب بھی اس کے ہاتھ میں تھا، ایک سخت جھٹکے سے اسے ایک بار پھر لڑکھڑا دیا، بولا "میں بگھی کی تلاشی کے بغیر تمہیں ایک قدم بھی آگے نہ بڑھنے دوں گا!"

کوچوان معنی خیز لہجے میں بولا "بھائی غلام رضا! ضد نہ کرو کوتوال صاحب کو تلاشی لے لینے دو لیکن تلاشی لینے سے پہلے کوتوال صاحب کو یہ ضرور بتا دو کہ اس بگھی میں جا کون رہا ہے؟"

غلام رضا نے اپنا گریبان چھڑانے کی کوشش کی، دونوں ہاتھوں کی انگلیاں کوتوال کی گرفت ڈھیلی کرنے میں مشغول تھیں۔ بولا "کوتوال صاحب! میرا گریبان تو چھوڑو، اس بگھی میں ولی عہد مرزا واجد علی بہادر کا معروضہ جا رہا ہے!"

"معروضہ؟ کیا مطلب" "یہ معروضہ کیا شئے ہوتی ہے" کوتوال نے گریبان چھوڑ دیا۔

غلام رضا نے جواب دیا "یہ ایک خاص محلاتی اصطلاح ہے جسے ولی عہد بہادر نے خود وضع کر دیا ہے، معروضے سے مراد وہ ذاتِ خاص ہوتی ہے جس سے ولی عہد بہادر عشق فرما کر طلب فرماتے ہیں! بگھی میں بی جان طوائف کی خوبرو بیٹی ننھی جان ہے اور ہم بڑی کوششوں کے بعد اسے حاصل کرنے میں کامیاب ہوئے ہیں!"

کوتوال مسکرایا۔ "اچھا تو یہ معاملہ ہے گویا تم لوگ ننھی جان کو اس کی مرضی کے خلاف جبراً لئے جا رہے ہو۔ یہ جرم ہے اور میں اس شہر کا کوتوال کس طرح یہ گوارہ کر سکتا ہوں کہ میرے علم اور موجودگی میں اتنا بڑا جرم انجام پا سکے۔" اس کے بعد اس نے کوچوان کو حکم دیا "کوچوان! اس بگھی کو تھانے لے چلو!"

غلام رضا نے دھمکی دی۔ "یہ معاملہ ولی عہد بہادر کا ہے، آپ برخاست کر دیے جائیں گے!"

شوربہ پشت کوتوال نے درشت لہجے میں جواب دیا "بادشاہ سلامت کے ہوتے ہوئے یہ ولی عہد بہادر کیا بیچتے ہیں، اگر تمہاری جگہ وہ خود ہوتے تو میں انہیں بھی نہ بخشتا قانون سب کے لئے یکساں ہے، کیا ولی عہد کیا ایک مزدور!"

غلام رضا نے کھسیانی خوش اخلاقی سے کہا "اپنی اپنی سمجھ کا پھیر ہے کوتوال صاحب، ورنہ جس قانون کا آپ ذکر کر رہے ہیں وہ بھی ولی عہد بہادر کے بزرگوں ہی کا بنایا اور نافذ کیا ہوا ہے!"

"ٹھیک ہے" کوتوال نے ایک موٹی اور غلیظ سی گالی بھی دی۔ "کیا تم نے قرآن پاک میں نہیں پڑھا کہ اگلی بہت ساری قومیں اس لئے تباہ و برباد ہو گئیں کہ ان میں عدل و انصاف مفقود ہو گیا تھا اور قوم کے بڑے لوگوں نے خود کو اس سے مبرّا اور بالا سمجھ لیا تھا!"

کوچوان نے آگے بڑھ کر کوتوال کے پیر پکڑ لئے اور گڑگڑانے لگا۔ "حضرت معاملہ ولی عہد بہادر کی عزت و آبرو کا ہے۔ جس خدا نے عدل و انصاف کا حکم دیا ہے اسی نے یہ بھی تو کہا ہے کہ مسلمانو! تم

ایک دوسرے کے عیوب کی پردہ پوشی کرو، یہ معروضہ جسے آپ تھانے لے جانا چاہتے ہیں ولی عہد کی عزت و آبرو کا راز ہے اس کی پردہ دری نہ فرمائیں!"

کوتوال نے پیر پیچھے ہٹائے، غلام رضا نے کوتوال کی ٹھوڑی میں ہاتھ ڈال دیا۔ بولا: "حضرت کچھ لے دے کے معاملہ ختم کریں!"

کوتوال نرم پڑ گیا، غلام رضا نے کرتے کی جیب سے ایک قیمتی ہار نکالا اور کوتوال کی طرف بڑھا دیا۔ کوتوال نے قدرے تامل کے بعد ہار لے لیا اور مٹھی بند کر لی۔ بگھی کی طرف جاتا ہوا بولا "ذرا اس معروضے کی ایک جھلک تو دیکھ لوں!"

کوتوال نے طمنچہ پھر سنبھال لیا اور بگھی کے پردے کے قریب پہنچ کر حکم دیا "ذرا پردہ سرکاؤ اور معروضے کو میرے سامنے پیش کرو!"

اس حکم نے ان دونوں کو پس و پیش میں ڈال دیا۔ ولی عہد بہادر لاکھ مضبوط حیثیت کے مالک سہی لیکن یہ تو بہت بعد کی بات ہے۔ کوتوال تو اس وقت ان دونوں کو ذلیل و رسوا کر سکتا تھا اور یہ اطمینان بھی نہ تھا کہ کمزور طبیعت اور حسن پرست ولی عہد اس معاملے کی ذمہ داری بھی قبول کرتے یا نہیں، بہت ممکن تھا کہ وہ ان دونوں کو ان کے حال پر چھوڑ کر پیچھے ہٹ جائیں۔

غلام رضا بگھی کے پردے کی طرف بڑھتا ہوا بولا: "معروضے کی رونمائی کوئی مشکل کام تو نہیں لیکن حیا سوز ضرور ہے۔ حکم حاکم مرگِ مفاجات، بسم اللہ آگے بڑھیئے!"

کوتوال نے پھر گالی دی، بولا: "معروضے کو بگھی سے نیچے اُتار، میرے سامنے کھڑا کر"

غلام رضا نے پردے میں مُنہ ڈال کے آواز دی: "ننھی جان! ذرا نیچے تشریف لے آئیں، ہمارے کوتوال صاحب آپ کو ملاحظہ فرمانا چاہتے ہیں!"

کوتوال سراپا اشتیاق بنا بگھی کے پردے کی طرف دیکھ رہا تھا۔ ذرا دیر بعد بگھی کے پائیدان پر ایک پیر نمودار ہوا پھر دوسرا پیر اور اس کے بعد جسم سے ایک مہ پارہ پائیدان سے اُتر کر زمین پر کھڑی ہو گئی۔ سفید چادر میں لپٹی ہوئی، پیروں میں چاندی کی پازیب تھی۔ کوتوال نے چادر کھینچ کر ایک طرف ڈال دی۔ غلام رضا، اللہ کی امان۔ کہتا ہوا چونک پڑا۔ کوچوان اپنے گھوڑوں کی طرف دبک گیا۔ ننھی جان ان سب کے سامنے بے نقاب کھڑی تھیں۔ مشکل سے اٹھارہ کا سن، گداز جسم، چہرہ قدرے بیضوی، رنگ دہر دہر کرتا نور جیسا، باریک دوپٹہ بھی چادر کی لپیٹ میں اُتر چکا تھا اور وہ حسن قیامت کا پردہ پوش تھا اب وہ وحشت اور گھبراہٹ کے تموج میں زیر و زبر ہو رہا تھا۔ کوتوال کے مُنہ میں پانی بھر آیا۔ دونوں کو مخاطب کیا: "الو کے پٹھو! میں کل اپنے طور پر یہ تصدیق ضرور کروں گا کہ جناب کا یہ ٹکڑا فی الواقع ولی عہد بہادر کا معروضہ ہے یا تم دونوں اس گوہر گرانمایہ کو کسی اور کا

میں لئے جاتے ہو، اگر معاملہ ولی عہد بہادر کا نہ ہوتا تو بخدا میں پہلا شخص ہوتا جو اس کا مزہ چکھے بغیر تمہیں اور نہ جانے دیتا۔"

اب تو ننھی جان بھی برداشت نہ کر سکیں، نہایت مترنم آواز میں گویا ہوئیں "آگ لگے ایسے انتظام کو جہاں سرکار دربار کے نمک خوار دیدہ دلیری سے نمک حرامی کرتے ہیں کوتوال صاحب! تمہیں اس وقت اختیار ہے کہ ہمیں جتنا چاہو ذلیل کر دو کیونکہ یہ تمہاری باری ہے لیکن جب ہماری باری آئے گی تو ہم بھی تمہیں اچھی طرح دیکھ لیں گے!"

کوتوال نے ننھی جان کا ہاتھ پکڑ لیا۔ بولا "تمہارے غصے میں بھی ایک ادا ہے، تمہیں اختیار ہے جو چاہو کہہ سُن لو، حسینوں کی ہر وقت اور ہمیشہ باری رہتی ہے، اس وقت بھی تمہاری باری ہے جو چاہے سزا دے لو، میں حاضر ہوں۔" اس کے بعد اس نے ننھی جان کے ہاتھ کو بوسہ دیا اور اپنے گھوڑے کی طرف جاتا ہوا بولا "اب تم لوگ جا سکتے ہو لیکن خبردار جو تم نے حضور ولی عہد بہادر سے میرا ذکر کیا!"

ذرا دیر وہاں سناٹا طاری رہا اور جو جہاں کھڑا تھا وہیں دم بخود کھڑا کوتوال کو جاتا ہوا دیکھتا رہا۔ پھر جب ہوش آیا تو ننھی جان نے دوپٹہ اور چادر پھر لپیٹ لی اور بگھی میں جا بیٹھی کوچوان اور غلام رضا برابر بیٹھ گئے اور بگھی حضور باغ کی طرف روانہ ہوگئی۔

اس وقت ولی عہد بہادر حضور باغ کے بیچوں بیچ بنے ہوئے محل فلک سیر میں قیام فرما تھے ننھی جان کے ہجر میں انہوں نے دیوانوں جیسی حالت بنا رکھی تھی، بڑے بڑے بالوں کی لٹیں منہ پر پڑی تھیں پوری رات آنکھوں میں کاٹ دی تھی، ہر ہر آہٹ پر چونک پڑتے اور فلک سیر کے دریچوں سے باہر کا جائزہ لینے لگتے، کبھی سرد آہیں بھرنے لگتے، کبھی اوندھے منہ مسہری پر گر جاتے اور آنسوؤں سے تکیہ تر کر لیتے، فلک سیر میں جگہ جگہ فانوس اور کنول روشن تھے۔ محل کے مختلف گوشوں میں ولی عہد بہادر کی محبوبائیں اُداس اور سوگوار اس بات کی منتظر تھیں کہ دیکھئے اس عالم تنہائی اور لمحاتِ ہجر میں کسے یاد فرمایا جاتا ہے لیکن ولی عہد بہادر ان میں سے کسی ایک پر بھی ملتفت نہ تھے۔ ننھی جان کو انہوں نے کبھی دیکھا بھی نہ تھا لیکن غلام رضا نے اس کے حسن کی تعریف میں وہ سماں باندھا تھا کہ ولی عہد بہادر نادیدہ عاشق ہوگئے تھے اور غلام رضا کو اس خدمت پر مامور کیا تھا کہ جس طرح بھی ممکن ہو ننھی جان کو حاضر کیا جائے ننھی جان کی ماں بی جان کو جب یہ معلوم ہوا کہ ان کی بیٹی پر ولی عہد بہادر نادیدہ عاشق ہوگئے ہیں تو انہوں نے بہت بُرا مانا اور لال پیلی ہوتی ہوئی غلام رضا پر برس پڑیں، بہت کچھ بُرا بھلا

کہنے کے بعد دریافت کیا تھا کہ "آخر یہ ولی عہد بہادر چاہتے کیا ہیں ؟"
غلام رضا نے جواب دیا تھا "بی جان! تم یقین کرو، ولی عہد بہادر کے دل میں ننھی جان کے عشق کی وہ بھٹی سلگی ہے کہ اگر تم ذرا سی بھی عقل مندی سے کام لو تو مالا مال ہو سکتی ہو!"
"نہ بابا!" بی جان کانوں پر ہاتھ رکھ کر بولی تھیں "اب میں اتنی بچہ بھی نہیں جسے تم یوں بہلا پھسلا لو۔ میں تو سیدھی سی یہ بات جانتی ہوں کہ ولی عہد بہادر کو تو لڑکیوں اور عورتوں کی ہوس ہے، اچھی سے اچھی اور حسین سے حسین لڑکی جاتی تو ہے، ولی عہد بہادر کچھ عرصے اس سے خوب اچھی طرح دل بہلاتے ہیں اور پھر جب طبیعت سیر ہو جاتی ہے تو کسی نئے گل کی جستجو کرتے ہیں نہ بابا میں تیری باتوں میں نہیں آؤں گی، تو ٹھنڈے ٹھنڈے اپنی راہ لے۔"
اس طرح غلام رضا نے بی جان کو راضی کرنے میں بیس دن لگا دیئے لیکن مقصد حاصل نہ ہوا، ادھر جتنی دیر ہو رہی تھی اور کام بنتا نظر نہ آتا تھا، ولی عہد بہادر کا سینہ تنور بنتا جا رہا تھا اور وہ ننھی جان کی طرف سے مایوس ہوتے جا رہے تھے۔ ادھر ننھی جان کا یہ حال تھا کہ وہ محل سرا میں پہنچنے کے لئے بے تاب ہو رہی تھی، اس کے لئے یہ کتنے فخر کی بات تھی کہ سلطنتِ اودھ کا ولی عہد اس کے نادیدہ عشق میں مبتلا تھا۔ وہ چاہتی تھی کہ ماں غلام رضا کی باتیں مان لے لیکن بی جان اسے اپنی روزی کا ٹھیکرا سمجھتی تھی اور اسے یقین تھا کہ ننھی جان محل میں گئی اور وہ دانے دانے کو محتاج ہوئی۔ جب ننھی جان نے یہ دیکھا کہ معاملہ الجھتا جا رہا ہے تو اس نے ایک دن ماں سے چھپ کر غلام رضا سے کہہ دیا کہ "تم کل رات پچھلے پہر آجائیو۔ میں تمہارے ساتھ نکل چلوں گی۔"
غلام رضا نے پوچھا تھا "لیکن اپنی ماں سے کیا کہو گی ؟"
ننھی جان نے جواب دیا تھا "وہ اس وقت افیون کی پینک میں انٹا غفیل پڑی ہوں گی!"
ننھی جان نے جو کہا تھا، دوسرے دن، رات کے پچھلے پہر کر دکھایا۔ اسے کوتوال پر بڑا غصہ آیا اور اس نے فیصلہ کر لیا تھا کہ ولی عہد بہادر سے اس کمین کوتوال کو سزا ضرور دلوائے گی۔
دو گھوڑوں کی بگھی جیسے ہی حضور باغ میں داخل ہوئی ولی عہد بہادر نے بے اختیار باہر محل کر داروغہ محل سرا سے پوچھا "کیا ننھی جان آگئیں ؟"
داروغہ محل سرا نجم النساء نے گول مول جواب دیا "غالباً۔ ان کے سوا اس وقت کون آسکتا ہے!"
تھوڑی دیر بعد یہ بگھی فلک سیر کے دروازے پر رک گئی۔ کوچوان کے پاس سے غلام رضا کود کر اتر پڑا اور بڑبڑاتا ہوا بولا "بس یہ حضور ولی عہد کا منہ تھا جو یہ ناچیز لحاظ کر گیا اور شہر کوتوال کی گالیاں

سہم گیا، ورنہ قسم ہے جناب امیر کی طیش تو اتنا آیا تھا کہ اگر گپتی ساتھ ہوتی تو کوتوال ناہنجار کے اسی جگہ دو ٹکڑے کر دیتا!"

ولی عہد بہادر ننھی جان کے تصور میں گم تھے۔ غالباً غلام رضا کی بات سُنی ہی نہیں، وارفتگی میں بگھی کے پردے کے قریب پہنچ کر آواز دی۔ "جانِ جاناں ننھی جان کیا تم اندر موجود ہو؟"

اندر سے کوئی جواب نہ ملا تو غلام رضا ولی عہد بہادر کے قریب پہنچ گیا اور تملقانہ شان سے کہا "بھلا ایسا بھی کہیں ممکن ہے کہ حضور کا یہ جاں نثار اپنے ذمّے کوئی خدمت لے اور اسے انجام نہ دے حاشا وکلا، ایسا کبھی بھی نہیں ہو سکتا!"

ولی عہد بہادر نے حالتِ اضطراب میں بگھی کا پردہ اُلٹ دیا اور اضطراری لہجے میں سوال کیا۔ "جو ہم پوچھتے ہیں تم اس کا تو جواب دیتے نہیں۔ بس فضول باتیں کئے جاتے ہو۔ ہم پوچھتے ہیں کہ آخر ہماری ننھی جان کہاں ہیں!"

فلک سیر کے باہر روشن مردنگوں کی روشنی میں سکڑی سمٹی ننھی جان نظر آگئی۔ ولی عہد بہادر نے پائیدان پر چڑھ کے ننھی جان کو اُتار لیا۔ بولے۔ "واہ جناب! یہ ایک ہی رہی۔ ہم تو جناب کے عشق میں پاگل ہو رہے ہیں اور ہفتوں سے خواب کی کیفیت سے لاعلم ہیں اور آپ ہیں کہ ناز اور غمزے سے ہماری ہلاکت کے سامان مہیّا کر رہی ہیں!"

داروغۂ محل سرا انجم النساء بیگم نے کہا۔ "ولی عہد بہادر! بندی آپ پر قربان سمجھ دار عاشق اپنے عشق کا یوں اظہار نہیں کرتے۔ اس سے محبوبۂ ستم ایجاد کو ستانے کا ایک حربہ ہاتھ آجاتا ہے، آپ ننھی جان کو اندر لے جائیں اور ہجر و مفارقت کی ساری کسر نکال لیں!"

غلام رضا نے پوچھا۔ "حضور کا اس ناچیز کے لئے کیا حکم ہے؟"

ولی عہد بہادر سر تا پا مجسمۂ احسان مندی بن گئے، مسکراتے ہوئے فرمایا۔ "اس وقت تم جا سکتے ہو، طلوعِ آفتاب کے بعد ہم کسی وقت بھی تمہیں بُلا لیں گے اور اس عظیم خدمت کا عظیم صِلہ عطا کریں گے!"

اس کے بعد ولی عہد بہادر نے ننھی جان کو گود میں اٹھا لیا اور پیار کرتے ہوئے فلک سیر میں گم ہو گئے۔

ولی عہد بہادر کو جب ننھی جان سے کوتوال شہر کی ناشائستہ حرکت کا علم ہوا تو انہیں غصّے کے بجائے صدمہ پہنچا۔ ننھی جان کو تسلی دیتے ہوئے کہا۔ "ہم چاہیں تو اس ناہنجار کو اسی وقت برخاست کرا دیں لیکن مشکل یہ ہے کہ یہ معاملہ طول پکڑ سکتا ہے۔ شہر کوتوال ہمارے بہت سے ایسے رازوں سے واقف ہے کہ اگر وہ فریادی بن کے قبلہ والد صاحب کے گوش گزار کر دے تو ہمیں بڑی رسوائیوں کا سامنا کرنا پڑے گا۔ اور تم جیسی بہت سی پردہ نشینوں کے راز طشت از بام ہو جائیں گے اس لئے ہم

کوتوال نمک حرام کو خدا پر چھوڑتے ہیں، بُرے کام کا بُرا انجام۔ لوگوں کے دل دُکھا کے وہ بھی خوش نہ رہے گا!"

چالاک ننھی جان نے پھر کوتوال کا ذکر نہیں کیا اور ہر طرح ولی عہد کو یقین دلاتی رہی کہ جو عشق کی آگ ولی عہد بہادر کے سینے میں موجزن تھی، وہی آگ ننھی جان کو بھسم کیے دے رہی تھی، اس نے اداکاری کے آنسو بہا کر ولی عہد بہادر کو یہ یقین بھی دلا دیا کہ اگر وہ ننھی جان کی چند دن اور خبر نہ لیتے تو ننھی جان اس کے عشق میں کانچ بیس کے پھانک جاتی۔

ولی عہد بہادر نے اسے اپنے روبرو لٹا رکھا تھا۔ دونوں ایک دوسرے کی سانسیں اپنے اپنے چہرے پر محسوس کر رہے تھے۔

ہشاش بشاش ننھی جان ایک دم اداس ہو گئی اُسے ملول دیکھ کر ولی عہد بہادر بھی ملول ہو گئے بے اختیار سینے سے لگا کر دریافت کیا "جانِ جاناں! آخر تم ان خوشی کے لمحات میں اداس کیوں ہو؟"

ننھی جان خاموش رہی اور ولی عہد بہادر کی کرمفرمائیوں کی یورش سے اپنا چہرہ بچانے کی کوشش کی مگر کوئی جواب نہیں دیا اور بدستور اداس رہی۔

ولی عہد بہادر اُٹھ کر بیٹھ گئے۔ ننھی جان کو بھی اٹھا لیا۔ اس کا سر شانے سے لگا کر زلفوں سے کھیلنے لگے، انہیں ناک سے لگا کر سانس اوپر کھینچی اور سوال کیا۔ "اے قمر الاقمار! آخر تمہارے چہرے کی چاندنی پھیکی کیوں پڑ رہی ہے اور وہ کونسا صدمہ ہے جو تمہیں گھلائے دے رہا ہے؟"

ننھی جان کی آنکھیں بھر آئیں، آنسوؤں کے چند قطرے گال سے بہہ کر ٹھوڑی پر آ گئے۔ ولی عہد بہادر نے انہیں اپنی زبان سے خشک کیا اور بے چینی سے پوچھا "اگر تم اپنے غم کا ہم پر اظہار نہ کرو گی تو ہم بھی ملنیچے سے خود کو ہلاک کر لیں گے!"

ننھی جان نے گھبرا کر ولی عہد کا ہاتھ پکڑ لیا اور اسے اپنے رخسار پر پھیرنے لگی۔ بولی "ولی عہد بہادر کا کیا ہے انہیں دل بہلانے کے ہزار موقعے حاصل ہیں لیکن یہ کنیز اسی وقت تک خوش و خرم ہے جب تک اس کے حال پر حضرت ولی عہد بہادر ملتفت ہیں، اگر خدانخواستہ کبھی آپ کا مجھ سے دل بھر گیا تو۔"

ولی عہد بہادر نے ننھی جان کے منہ پر ہاتھ رکھ دیا، بولے "ان کے علاوہ باتیں کرو، اور کس چیز نے تمہیں اداس کر دیا ہے؟"

"جانِ دلبراں!" ننھی جان نے ولی عہد کے سینے میں خود کو چھپانے کی کوشش کرتے ہوئے کہا "کوئی ایک فکر ہو تو اس کا اظہار کر کے اپنا دل ہلکا کروں لیکن یہاں تو بے شمار فکریں ہیں جو لمحہ بہ لمحہ اپنا محاصرہ تنگ کرتی جا رہی ہیں!"

ولی عہد بہادر نے تسلی دی: "ننھی جان! تم کوئی فکر نہ کرو، جب تک ہم زندہ ہیں تمہیں ذرا بھی نہیں گھبرانا چاہیے۔"

ننھی جان نے سسکیوں میں کہا: "ہو سکتا ہے کسی دن قبلۂ عالم کو بھی ہماری خبر ہو جائے اور وہ ہمیں حالتِ غیظ و غضب میں اپنے روبرو طلب فرمائیں اس وقت کیا ہوگا؟"

ولی عہد نے پیار سے اس کے سر پر ایک چپت رسید کی، کہا: "مت گھبراؤ ننھی جان مت گھبراؤ ہم اپنے پدر بزرگوار سے خوب واقف ہیں وہ تمہیں کچھ بھی نہ کہیں گے!"

ننھی جان نے کہا: "اور اگر میری اماں نے بادشاہ کی خدمت میں فریاد کی تو کیا ہوگا؟"

ولی عہد بہادر نے جواب دیا: "ہاں یہ تشویش کی بات البتہ ہے لیکن اس کا بھی حل نکل آئے گا!"

لیکن ننھی جان کسی طرح بھی مطمئن نہیں ہو رہی تھی، بولی: "میں ماں سے چھپ کر آپ کے پاس آئی ہوں اس لئے میں یہ چاہتی ہوں کہ جو کام بھی ہونا ہے اسے ذرا عزت و آبرو سے ہونا چاہیے۔"

"کہو تم اس سلسلے میں ہمیں کیا مشورہ دوگی؟"

ننھی جان نے کہا: "اس ناچیز کی رائے آپ پوچھتے ہیں تو سن لیجئے، بندی اپنی ماں کو ناراض نہیں رکھنا چاہتی اس لئے جس طرح بھی ممکن ہو، ماں کو یہاں بلا کے میری صورت دکھا دیجئے اور انعام و اکرام میں اتنا کچھ بخش دیجئے کہ نمک کا بوجھ ان کی زبان کو تالا لگا دے گا!"

ولی عہد بہادر نے کہا: "منظور سو بار منظور، اور کچھ؟"

ننھی جان نے کہا: "اس وقت تک، جب تک کہ میں آپ کے ہاں باقاعدہ نہ آجاؤں، مجھے یہاں رہنے پر مجبور نہ کیا جائے، یہ میں وعدہ کرتی ہوں کہ کسی نہ کسی دن مستقل رہ لینے کی نیت سے آؤں گی ضرور!"

ولی عہد بہادر نے سرد آہ بھرتے ہوئے کہا: "بس یہی شرط ناقابل برداشت ہے آخر ہم تمہاری جدائی میں اپنے دلِ ناصبور کو کیا کہہ کر بہلائیں گے؟"

ننھی جان نے کہا: "بس یہ چند ہی دنوں کی تو بات ہوگی!"

"وہ تو تم بجا کہتی ہو، ہم تمہیں جھٹلا کہاں رہے ہیں، بات تو ہمارے صبر و ضبط کی ہے، بخدا ننھی جان! اگر تم مومنہ ہو تو ہماری بات کا یقین کرو کہ اب ہم میں اتنی سکت نہیں رہی کہ تمہاری جدائی کی دو ساعتیں بھی گزار سکیں!"

ننھی جان نے منہ لٹکا لیا۔ ٹھیر ٹھیر کر بولی: "اگر میں اپنا حال ولی عہد بہادر پر ظاہر کر دوں تو مجھے یقین ہے کہ فرطِ غم سے ان کے دل میں شگاف پڑ جائے گا۔ لیکن میں اپنا یہ غم اس لئے برداشت کرنے پر مجبور ہوں کہ یہ کوہ گراں اٹھا لینے کے بعد مجھے ولی عہد بہادر کی دائمی رفاقت حاصل ہو جائے گی!"

"اگر تمہاری خوشی اسی میں ہے تو ہم اس کے لئے بھی تیار ہیں لیکن ہمیں یہ ضرور بتاتی جاؤ کہ وہ شادمانی کی ساعتیں کب تک آئیں گی؟"

ننھی جان نے جواب دیا۔ "بہت جلد اور یوں تو ہم دونوں ہر شب کو ملتے رہیں گے، میں راتیں آپ ہی کے آغوش میں گزاروں گی، بس صبح ہوتے ہی چلی جایا کروں گی!"

"ہمیں منظور ہے!" فکرمند ولی عہد نے کہا۔ "لیکن ایک بات بتاتی جاؤ!"

"فرمائیں، ارشاد!" ننھی جان نے نشیلی آنکھیں ولی عہد کے چہرے پر گاڑ دیں۔

ولی عہد بہادر نے کہا۔ "تمہاری ماں ہمارے پاس آنے ہی کیوں دیں گی؟"

ننھی جان نے اٹل لہجے میں کہا۔ "اس سلسلے میں جب تک میں ماں کو راضی نہ کر لوں گی، یہاں سے قدم نہ نکالوں گی، میں آج ہی انہیں یہاں بلا کر بات کئے لیتی ہوں اور مجھے یقین ہے کہ وہ میری بات مان ضرور لیں گی!"

ولی عہد نے کہا۔ "جب وہ یہاں تشریف لے آئیں تو ہم ان کی شاندار ضیافت کیوں نہ کر دیں اور بعد ضیافت انہیں گرانمایہ انعام واکرام سے نوازیں، ہمارا خیال ہے کہ اس کے بعد وہ ہماری مخالفت نہیں کریں گی!"

"جانِ عالم کا قیاس صد فی صد درست ہے!" ننھی جان نے کہا۔ "اس کے باوجود میں چند دنوں تک اپنی ماں کے پاس ہی رہنا چاہتی ہوں، اس کے بعد میں آپ کے پاس آجاؤں گی!"

"تمہاری مرضی!" ولی عہد بہادر نے کہا اور دونوں دلوں کے ارمان نکالنے لگے!

کئی راتوں کے جاگے ہوئے ولی عہد بہادر ننھی جان کو تھکا کے ایسے سوئے کہ دن چڑھے تک ہوش میں نہ آئے کس میں اتنی ہمت تھی جو انہیں بیدار کرتا۔ بیالیس سالہ داروغہ نجم النساء کئی بار آئیں اور واپس گئیں، محل سرا کی دوسری عورتیں بھی باری باری آتی رہیں اور دونوں کو مست الست دیکھ کر حسد میں جلتی بھنتی واپس جاتی رہیں۔ جب ان کی آنکھ کھلی تو پتہ چلا' ان کے لئے کئی پیغام رکھے ہوئے ہیں۔ ان میں سب سے زیادہ الجھن میں ڈال دینے والے دو پیغام تھے' ایک تو یہ کہ ننھی جان کی ماں بی جان بادشاہ کے پاس فریادی ہوئی ہیں اور دوسرا یہ کہ بادشاہ نے ولی عہد اور ننھی جان کو اپنے روبرو حاضر ہونے کا حکم دیا ہے۔

ننھی جان نے معنی خیز نظروں سے دیکھتے ہوئے کہا۔ "وہی ہوا نا جس کا ڈر تھا۔ اب کیا ہوگا؟"

ولی عہد بہادر نے جواب دیا۔ "گھبراتی کیوں ہو، کامیابی اور ناکامی کا انحصار تم پر ہے صرف تم پر!"

"وہ کس طرح؟" ننھی جان نے پوچھا۔

"تم اپنی ماں کے سامنے قبلۂ عالم کے روبرو یہ کہہ سکتی ہو کہ تم ہمارے پاس خود بخود آئی ہو، تمہیں لایا نہیں گیا ہے!"

"کہہ دونگی!" ننھی جان نے کہا۔ "اور کچھ؟"

"اور یہ کہ تم اپنی ماں سے ذرا بے رخی اور بے اعتنائی برتنا آگے کا کام ہم انجام دے لیں گے!"

"بہتر ہے!" ننھی جان نے کچھ سوچتے ہوئے مُردہ سی آواز میں کہا۔

اسی وقت غلام رضا بھی مجرا عرض کرتا ہوا حاضر ہوگیا۔ ولی عہد بہادر نے خوشی سے کہا۔ "واللہ ہم تمہارے احسان مند ہیں غلام رضا خاں صاحب! ہم تمہیں اس کا شاندار عوض دیں گے، وقت کا انتظار کرو!"

غلام رضا نے سرگوشی میں پوچھا۔ "اور یہ ملاقاتی نشست گاہ میں کوتوال صاحب کیوں تشریف فرما ہیں حضور والا؟"

ولی عہد بہادر نے جواب دیا۔ "ابھی ان کی آمد کا راز بھی کھُلا جاتا ہے لیکن غلام رضا اگر تم واقعی مومن ہو تو یقین کرو کہ ہم کوتوال کو دیکھ کر خوش نہیں ہوں گے اور یہ بھی ممکن ہے کہ اشتعال میں کوئی نازیبا حرکت کر بیٹھیں!"

غلام رضا نے کہا۔ "حضور طبیعت کو اپنے قابو میں رکھیں جہاں تک ممکن ہو ضبط سے کام لیں رہ گئی کوئی نازیبا حرکت تو یہ غلام آپ کے کب کام آئے گا!"

"ہمارے جاں نثار دوست! ہمیں تم سے اسی قسم کے جواب کی توقع ہے تم نے ہمیں خوش کر دیا!"

اس کے بعد ولی عہد بہادر اُٹھ کر کوتوال کے پاس چلے گئے بڑی توند والا کوتوال خوش اخلاقی سے کھڑا ہوگیا اور کھسیانی ہنسی میں کہنے لگا۔ "حضور ولی عہد بہادر! بعض اوقات اپنے غلاموں کو ایسی مصیبت میں مبتلا کر دیتے ہیں کہ آدمی ذرا سا بھی غائب یا فراری ذہن کا ہو تو سخت شرمندگی سے دوچار ہو جائے!"

ولی عہد بہادر، کوتوال سے سخت ناراض تھے۔ انہیں رہ رہ کے اس بات پر غصہ آرہا تھا کہ آخر اس ملعون نے ان کی محبوبہ ننھی جان کے ہاتھ کا بوسہ کیوں لیا۔ آخر جب برداشت نہ کر سکے تو کوتوال سے کہا۔ "ہمیں تمہاری بابت ننھی جان نے جو کچھ بتایا ہے اس کا ہمیں سخت ملال ہے اور آخر تم سے یہ بے ادبی اور گستاخی سرزد کس طرح ہوئی؟"

کوتوال نے کہا۔ "حضور ولی عہد بہادر! اس خاکسار نے آپ کی ننھی جان سے جو سلوک بھی کیا تھا، اس کے پیچھے وہ خلوص اور محبت کار فرما ہے جس کی کوئی قیمت نہیں! اس وقت آپکا

یہ غلام جذبوں کی افراط و تفریط کا شکار ہو گیا تھا اور اس حالتِ وارفتگی اور کیفیتِ گم شدگی میں خاکسار سے جو کچھ بھی سرزد ہوا بخدا وہ اس لائق ہے کہ اسے تحسین و آفریں کی نظروں سے دیکھا جائے۔"

"چہ بوالعجبی ست!" ولی عہد بہادر نے گویا خود سے کہا۔ "کوتوال صاحب، یہ آپ کیا فرما رہے ہیں۔ بخدا اگر ہم میں مادۂ رحم و انصاف ودیعت نہ کیا گیا ہوتا تو ہم آپ سے اس کا محاسبہ کرتے اور آپ کے جُرم کو لائقِ تعزیر قرار دیتے!"

کوتوال نے اپنے پیٹ پر ہاتھ پھیرا اور افسوس سے کہا۔ "تو حضور، ولی عہد بہادر نے اس ناچیز کے جذبۂ محبت اور عقیدت کو کسی اور ہی نظر سے دیکھا ہے۔ اگر میرا جُرم ثابت ہو جائے تو میں ہر سزا جھیلنے کو تیار ہوں!"

ولی عہد بہادر نے ذرا ترش لہجے میں فرمایا۔ "ہم پوچھتے ہیں کہ آپ میں یہ ہمت کہاں سے آئی کہ آپ ہمارے معروضے کے ہاتھ کو بوسہ دیں؟"

کوتوال نے جواب دیا۔ "حضور والا! اس خاکسار نے جب بگھی روکی تھی تو اسے کچھ پتہ نہ تھا کہ اس میں کون جا رہا ہے۔ شہر میں نظم و نسق بحال رکھنا غلام کا فرض ہے اسی فرض کی بجا آوری میں حضور والا کے معروضے کی سواری روکنے کی غلطی سرزد ہو گئی لیکن پھر جیسے ہی یہ یقین ہو گیا کہ وہ لاکھوں میں ایک قتالۂ عالم حضور والا کی منظورِ نظر ہے اور شرفِ لطف و کرم حاصل کرنے جا رہی ہے تو غلام کے دل میں حضور والا کے تعلق سے اس نازنین کے لئے جذبۂ عقیدت و احترام پیدا ہو گیا اور فرنگیوں کی طرح اس کا اظہار دست بوسی سے کیا گیا!"

ولی عہد بہادر کے دل سے کدورت کا بوجھ اُتر گیا، بولے۔ "واللہ اگر یہ بات ہے تو خوب ہے، ہم آپ کے جذبۂ خلوص و عقیدت کی آنچ اپنے دل میں بھی محسوس کر رہے ہیں واللہ یہ فرنگی بھی کیا خوب ہیں، ہمیں بھی یاد آیا، ہم نے بھی ریزیڈنٹ بہادر کی ایک تقریب میں کسی حسین و جمیل فرنگی خاتون کی رسم دست بوسی ادا ہوتے دیکھی ہے!" پھر جیسے کچھ اچانک یاد آ گیا، دریافت کیا۔ "اور ہاں آپ نے غلام رضا کا گریبان بھی پکڑا تھا اور رشوت میں اس سے قیمتی ہار بھی تو لے لیا تھا۔ یہ کیا معاملہ ہے؟"

کوتوال نے جواب دیا۔ "ولی عہد بہادر، غلام رضا کو بھی یہیں طلب فرمالیں، اس کے بعد یہ بات ہو تو زیادہ مناسب ہے۔ اس سے کیا فائدہ کہ غائبانہ وہ کچھ کہے اور میں کچھ عرض کروں اور حضور والا کے لئے اس میں جھوٹ سچ کی تمیز کرنا دشوار ہو جائے!"

ولی عہد بہادر نے آہستہ آہستہ تالی بجائی ایک نازک اندام لڑکی حاضر ہو گئی، انہوں نے حکم دیا۔ "امامن! ذرا غلام رضا کو تو یہاں بھیج دو!"

وہ سر جھکا کر واپس گئی اور ذرا دیر بعد غلام رضا بھی حاضر ہوگیا۔ ولی عہد بہادر نے اگر ذرا بھی ہوشیاری سے کام لیا ہوتا تو وہ ان اشاروں کو ضرور محسوس کر لیتے جو کوتوال صاحب اور غلام رضا کے مابین ہوئے تھے۔

ولی عہد بہادر نے کوتوال پر عائد کیا ہوا جرم غلام رضا کے سامنے دہرایا اور اسے حکم دیا کہ وہ اس کی تصدیق کرے۔

غلام رضا نے سر جھکا کر آہستہ سے عرض کیا۔ "حضور والا! کوتوال صاحب نے جو کچھ بھی کیا اس کا ان سے محاسبہ نہیں ہونا چاہیئے کیوں کہ اس وقت ان کا فرض یہی کہتا تھا اور رہا وہ ہار والا معاملہ تو آج صبح وہ مجھے واپس مل گیا ہے، کوتوال صاحب نے میری عدم موجودگی میں اپنے کسی آدمی کے ذریعہ میرے گھر بھجوا دیا ہے!"

"واللہ یہ تو کمال ہوگیا۔ وہی تو ہم کہیں کہ ولی عہد بہادر مستقبل کے فرماں روائے اودھ، کیا اتنا رعب بھی نہیں رکھتے کہ ہماری سلطنت کے کارگذار، غائبانہ ہماری عزت و تکریم کریں!"

کوتوال کی آنکھیں ڈبڈبائی ہوئی تھیں، اس نے کہا۔ "ولی عہد بہادر! اگر اس ناچیز کے معاملے میں حق و انصاف نہیں فرماتے تو کوئی بات نہیں، میں اپنے عہدے سے آج ہی دستبردار ہو جاؤں گا، میں یہاں سے سیدھا بادشاہ سلامت کی خدمت میں جاؤں گا اور ان کی خدمت میں اپنا استعفا پیش کروں گا۔ وہ یقیناً مجھ سے اس کا سبب دریافت کریں گے میں ان کے سامنے سارا معاملہ رکھ دوں گا۔ اور ان سے درخواست کروں گا کہ خدا کے لئے وہ میرے معاملے میں خود ہی انصاف سے فرما دیں کہ میں کہاں تک ولی عہد بہادر کا گناہ گار ٹھیرتا ہوں!"

ولی عہد بہادر کے ہوش اُڑ گئے، گھبرا کر ارشاد فرمایا۔ "نہیں آپ کو استعفا دینے کی کوئی ضرورت نہیں، ہمارا دل آپ کی طرف سے صاف ہوگیا اور آپ کی طرف سے کوئی غلطی ہوگئی ہے تو اسے ہم نے معاف کیا ہمارے خدا نے معاف کیا!"

"نہیں جناب!" کوتوال نے اصرار کیا۔ "اگر غلام سے واقعی کوئی غلطی ہوئی ہے تو اس کی سزا مجھے ملنی چاہیئے اور آپ اگر مجھے معاف بھی کر دیں گے تو میں اس سے مطمئن نہ ہوں گا اور بڑی سرکار سے دادرسی چاہوں گا!"

غلام رضا نے ولی عہد بہادر سے درخواست کی۔ "ولی عہد بہادر! بندہ آپ سے چند باتیں تنہائی میں کرنا چاہتا ہے!"

ولی عہد بہادر فوراً اسے لے کر ایک گوشے میں چلے گئے۔ غلام رضا نے کہا۔ "حضور والا! معاملے کو خواہ مخواہ کیوں طول دے رہے ہیں، کیا آپ نے یہ نہیں ملاحظہ فرمایا کہ کوتوال شرارت

پر آمادہ ہے!"

ولی عہد بہادر نے کہا: "ہاں ایسا محسوس تو ہمیں بھی ہوتا ہے، اگر وہ واقعی قبلہ والد صاحب کی خدمت میں چلا گیا اور یہ معاملات ان کے سامنے رکھ دیے تو بہت برا ہوگا!"

غلام رضا نے کہا: "اسی لئے تو بندہ یہ عرض کر رہا ہے کہ اس معاملے کو یہیں ختم کر دینا چاہئے"

"آخر کس طرح، ہمیں یہ بھی تو معلوم ہو، ہم اس بدبخت کو اس کے مذموم ارادوں سے روکیں تو کس طرح روکیں؟"

غلام رضا نے کہا: "بندے کے دماغ میں ایک تجویز ہے، اس سے سانپ بھی مرجائے گا اور لاٹھی بھی نہیں ٹوٹے گی!"

ولی عہد بہادر نے بے چینی سے کہا: "بیان کرو!"

اسی وقت ایک عورت اندر داخل ہوئی اور ولی عہد بہادر کو مطلع کیا کہ "بادشاہ سلامت ولی عہد بہادر کا بے چینی سے انتظار فرما رہے ہیں اور یہ حکم بھی ہے کہ ننھی جان بھی ہمراہ ہوں!"

ولی عہد نے عورت کو جواب دیا: "جاؤ، شاہی فرستادے کو ہماری طرف سے مطلع کر دو کہ ہم ابھی حاضر ہوتے ہیں؟"

عورت واپس گئی تو ولی عہد بہادر غلام رضا سے مخاطب ہوئے "بہت ہی برے وقت آیا ہے یہ بدبخت کوتوال، اگر اس وقت قبلہ والد صاحب کی طرف سے طلبی نہ ہوئی ہوتی تو ہم اس کوتوال کو ضرور شیشے میں اتار لیتے!"

غلام رضا نے کہا: "حضور نے غلام کی تجویز سنی ہی نہیں!"

ارشاد ہوا: "عرض کرو!"

غلام رضا نے کہا: "آپ کوتوال کے پاس واپس جاکے اسے اس کی خدمت پر آفریں کہیں اور اس حسین خدمت کے صلے میں اسے غیر معمولی انعام واکرام سے نوازیں پھر یہ غلام دیکھے گا کہ کوتوال صاحب بہادر کیا منہ لے کے بڑی سرکار میں جائیں گے!"

اس تجویز سے ولی عہد بہادر بھی متفق ہوگئے۔ واپس جاتے ہی فرطِ جوش میں کوتوال کا ہاتھ اپنے ہاتھ میں لے لیا اور فرمایا: "کوتوال صاحب! جس مستعدی اور فرض شناسی کا آپ نے ثبوت دیا ہے ہم چاہتے ہیں کہ اس پر آپ ہمیشہ کاربند رہیں ہم اس کی قدر و قیمت اپنے درونِ خانۂ دل کی گہرائیوں میں محسوس کرتے ہیں!" اس کے بعد داروغہ نجم النساء کو طلب کیا اور ان کے ذریعہ دو مالائے مروارید، دو ہزار نقد، دو کشتیاں قیمتی پارچہ جات کی منگوا کے کوتوال کے

حوالے کیں اور ارشاد ہوا: "یہ آپ کی فرض شناسی کا انعام نہیں بلکہ یہ ہمارے اس اعتراف کا معمولی اظہار ہے جو آپ کی وفاداری اور مستعدی کے نقش کی صورت میں ہمارے دل پر مرقسم ہو گیا ہے، آپ کو انعام تو اس وقت ملے گا جب ہم سریر آرائے سلطنت ہوں گے!"

کوتوال نے اپنی مسرت و انبساط کے جذبات چھپکر سے نہیں ظاہر ہونے دیئے۔ آنکھوں میں آنسو لا کے بولا: "حضور کی بندہ پروری کا کیا ٹھکانا، بس یہی باتیں ہیں جنہوں نے لکھنؤ کا والہ و شیدا بنا رکھا ہے، ہندوستان میں اور سرکاریں بھی ہیں جہاں آدمی اپنی زندگی گزار سکتا ہے لیکن وہاں ہمارے اودھ کے جیسے قدر داں حکمراں نہیں ہیں۔ یہی قدر دانی اور مردم شناسی ہے جس نے میرے جیسے ہزاروں شرفا کے قدم پکڑ رکھے ہیں!"

ولی عہد بہادر نے کہا: "اچھا تو ہمیں اجازت دیں، ہماری بارگاہِ پدری میں حاضری کا حکم صادر ہوا ہے!"

کوتوال صاحب نے سراپا نیاز مندی سے عرض کیا: "اور حضور یہ چھوٹے چھوٹے کام آپ دوسروں سے کیوں لیتے ہیں؟ آخر ہم کس دن کام آئیں گے، یہ بی ننھی جان کے معاملے میں اگر اس گنہگار سے کام لیتے تو ننھی جان کی ماں بی جان کی اتنی ہمت ہی نہ ہوتی کہ وہ ہیر پھیر اور ٹال مٹول سے کام لیتی، میں تو اس قطامہ کو چند ڈنڈوں میں صحیح کر دیتا!"

ولی عہد بہادر نے ناگواری سے کہا: "کوتوال صاحب! براہِ کرم اب بی جان کو کچھ نہ کہیں کیوں کہ وہ ننھی جان کی ماں ہیں اور ننھی جان ہماری محبوبہ آرامِ جاں اور معشوقۂ دل نواز اس رشتے سے بی جان بھی لائق احترام ٹھہرتی ہیں!"

غلام رضا نے کوتوال صاحب سے کہا: "اچھا کوتوال صاحب، اس وقت اگر آپ تشریف لے جائیں پھر کسی وقت حاضری دیجئے گا تو بہت سارے امور زیر بحث آئیں گے اور ولی عہد بہادر یہ جائزہ لیں گے کہ آپ ان کے حق میں کہاں کہاں اور کس حد تک سودمند ثابت ہوں گے!"

کوتوال صاحب ہاتھ ملا کے چلے گئے اور ولی عہد بہادر نے غلام رضا کو حکم دیا کہ ان کے واپس آنے تک یہیں حاضر رہیں لیکن غلام رضا نے رخصت چاہی اور عرض کیا کہ تھوڑی دیر بعد دوبارہ حاضر ہو جاؤں گا!

نرم دل ولی عہد نے جواب دیا: "کوئی مضائقہ نہیں!"

غلام رضا چلا گیا اور ولی عہد بہادر ننھی جان کو لے کر پدر بزرگوار کی خدمت میں چلے گئے!

غلام رضا وہاں سے نکل کر شاہ مینا چلا گیا، مزار پر فاتحہ پڑھی، تھوڑی دیر بعد کوتوال صاحب بھی فاتحہ پڑھنے پہنچ گئے۔ دونوں ایک دوسرے کو دیکھ کر مسکرائے۔ کوتوال صاحب نے کہا "میں تمہیں ایک بار دیکھ کے واپس جا چکا ہوں پھر دوبارہ آیا ہوں!"

غلام رضا نے کہا: "حضور ولی عہد بہادر کی تو یہ خواہش تھی کہ میں ان کی واپسی تک حضور باغ ہی میں موجود رہوں لیکن میں یہ کہہ کر یہاں آ گیا کہ تھوڑی دیر میں دوبارہ حاضر ہو جاؤں گا!"

"خیر کوئی بات نہیں!" کوتوال نے کہا۔ "ہم دونوں نے اپنے اپنے حصے کا کام خوب اچھی طرح انجام دیا۔ پھر اپنی جیب سے غلام رضا والا ہار نکال کر اسے واپس دیا۔ کہا: "یہ تمہاری امانت اس وقت بھی جیب میں تھی لیکن واپس کرنے کا موقعہ نہ مل سکا تھا، اب پیش کر رہا ہوں!"

غلام رضا نے ہار لے کر جیب میں رکھ لیا اور کوتوال کی صورت دیکھنے لگا۔

کوتوال نے پوچھا۔ "تمہیں اور کیا دے دیا جائے؟"

غلام رضا نے جواب دیا: "حق و انصاف سے میرے حصے کا جو نکلتا ہو مجھے دیدیں!"

کوتوال کچھ دیر خاموش رہا، پھر کہا: "اچھا تم میرے گھر آ جانا اور اپنا حصہ لے لینا۔"

غلام رضا بھی کائیاں تھا، بولا: "کوتوال صاحب! اس سلسلے میں مجھے اپنے گھر نہ بلائیں بلکہ جو کچھ دینا دلانا ہے میرے گھر بھجوا دیں اور مجھے اسی جگہ بتا دیں کہ اس میں میرا حصہ کتنا ہے؟"

کوتوال نے جواب دیا: "پانچ سو روپے!"

"بس" غلام رضا نے حیرت سے پوچھا: "اور دونوں ہاروں اور پارچہ جات میں میرا کوئی حصہ نہیں؟"

کوتوال نے خشک لہجے میں جواب دیا: "پانچ سو بھی بہت زیادہ ہیں آگے کسی اور معاملے میں دیکھا جائے گا!"

"خیر یہی سہی!" غلام رضا نے جدا ہوتے ہوئے کہا۔

کوتوال نے کہا: "شام کو تمہاری رقم گھر پہنچ جائے گی!"

غلام رضا دوبارہ حضور باغ پہنچ گیا۔ ولی عہد بہادر اس وقت تک واپس نہیں آئے تھے۔ انہیں وہاں کئی مشکلوں سے دوچار ہونا پڑا۔ جب یہ نخی جان کے ساتھ وہاں پہنچے تو ان کے والد امجد علی شاہ استراحت کے لئے تشریف لے جا چکے تھے اور نخی جان کی ماں بی جان وزیر امین الدولہ کے پاس بیٹھی آنسو بہا رہی تھی۔ اس نے ان دونوں کو آتا دیکھ کر

واویلا کرنا شروع کردیا۔ وہ چیختی چلاتی ننھی جان کی طرف بڑھی لیکن وزیر امین الدولہ کے اشارے پر چند خدمت گار آگے بڑھے اور انہوں نے بی جان کو پکڑ لیا اور کھینچتے ہوئے وزیر امین الدولہ کے پاس لے گئے۔

وزیر نے بی جان کو ولی عہد بہادر کے سامنے کھڑا کر دیا اور کہا۔" حضور اس کے لئے جو حکم دیں گے، اس پر عمل کیا جائے گا!"

ولی عہد بہادر نے ابھی زبان بھی نہ کھولی تھی کہ ننھی جان سسکیاں بھرنے لگی، ولی عہد بہادر نے ننھی جان کو آغوش میں لے لیا اور پریشان ہو کے پوچھا" جانِ دلبراں! تم کیوں رو رہی ہو؟ خیریت تو ہے؟"

ننھی جان نے روتے ہوئے کہا۔" بندی اماں کو یوں بحالتِ تباہ نہیں دیکھ سکتی!"

ولی عہد بہادر نے امین الدولہ سے کہا۔" بہتر ہے کہ انہیں ہمارے پاس بھیج دیا جائے!"

امین الدولہ نے کہا۔" حضور! انہیں اس خاکسار سے زیادہ آپ نہیں سمجھ سکتے، انہیں سیدھا رکھنے کے لئے ضروری ہے کہ سختی سے کام لیا جائے!"

بی جان نے کہا۔" تم لوگ جیسی سختیاں کرنا چاہو کر لو لیکن میں بھی بی جان نہیں جو حضور بادشاہ سلامت سے فریاد نہ کروں!"

امین الدولہ نے بے ساختہ کہا۔" ملاحظہ فرمائیں!"

ننھی جان نے ماں کے پیر پکڑتے ہوئے بولی۔" اماں بے جا ضد سے کام نہ لیں، اگر آپ کسی نہ کسی طرح بڑی سرکار میں پہنچ بھی گئیں تو آپ فریادی کس بنیاد پر ہوں گی؟"

بی جان نے جواب دیا۔" یہی کہ ولی عہد بہادر نے میری ننھی جان کا اغوا کر لیا ہے!"

ننھی جان نے کہا۔" لیکن میں یہ کہوں گی کہ مجھے کسی نے بھی اغوا نہیں کیا بلکہ میں اپنی مرضی سے ولی عہد بہادر کے پاس پہنچ گئی ہوں!"

" اے لڑکی! میں کہتی ہوں کہ یہ تجھ پر کیسا جادو کر دیا گیا ہے تو بھی میرے خلاف گواہی دے گی، سچ ہی کہا ہے کسی نے، تکیہ جن پتوں پہ تھا وہ ہی ہوا دینے لگے!"

امین الدولہ نے ولی عہد بہادر سے پوچھا۔" حضور اس فتنے کی بابت کیا حکم فرماتے ہیں؟"

ولی عہد بہادر نے کہا۔" انہیں ہمارے پاس بھیج دیا جائے ہم وہیں ان سے بات کریں گے!"

امین الدولہ نے فکرمندی سے کہا۔" لیکن یہ عورت آپ کے پاس جانا پسند کرے گی؟"

ننھی جان نے جلدی سے کہا۔" کیوں نہیں کیوں نہیں، بلکہ میں انہیں اپنے ساتھ لے جاؤں گی!"

امین الدولہ کی نظریں ولی عہد بہادر کے چہرے پر گڑی ہوئی تھیں۔

ولی عہد بہادر نے کہا: "ننھی جان جو کہہ رہی ہیں، اس پر عمل کیا جائے!"

امین الدولہ نے مایوسی اور بے دلی سے کہا: "ولی عہد بہادر کی جیسی مرضی!"

ننھی جان نے ماں کو شانے سے پکڑ کر اُٹھانے کی کوشش کی۔ اب بی جان بھی کسی حد تک سرد پڑ گئی تھی۔

امین الدولہ نے ولی عہد بہادر سے کہا: "حضور! اگر بی جان پھر سرکشی پر مائل نظر آئے تو اس غلام کو مطلع فرما دیجئے گا۔ ہم اس کا خفقان دو دن میں دور کر دیں گے!"

"بہتر ہے!" ولی عہد بہادر نے کہا: "اور جناب ہماری عدم موجودگی میں جب قبلہ والد صاحب اس مقدمے کی بابت دریافت فرمائیں گے تو آپ کیا جواب دیجئے گا؟"

امین الدولہ نے جواب دیا: "آپ اس فتنے کو قابو میں رکھیے گا، یہ خاکسار تو بادشاہ سلامت کو ہر طرح مطمئن کر دے گا اور انہیں یہ یقین دلا دے گا کہ ننھی جان اپنی مرضی اور خواہش پر خود چل کر آپ کے پاس پہنچی ہے۔ بس معاملہ ختم!"

ولی عہد بہادر حضور باغ واپس آئے یہاں غلام رضا پہلے ہی سے موجود تھا بی جان کی اس پر جیسے ہی نظر پڑی، دانت کچکچا کے غصے میں اس پر جھپٹی اور گدی سے پٹے پکڑ کے دو شدید جھٹکے ایسے دیے کہ وہ پشت کے بل زمین پر آ رہا۔ ولی عہد بہادر نے بیچ بچاؤ کی کوشش کی لیکن یہ معاملہ ان کے بس کا نہ نکلا۔ غلام رضا نیچے پڑا چیخ رہا تھا: "ارے ارے مجھے کیوں مارتی ہے چڑیل تیری لڑکی خود اپنی مرضی سے آئی ہے، اس میں میرا کیا قصور!" پھر ولی عہد بہادر سے کہا: "حضور ملاحظہ فرما رہے ہیں اس شیطان کی نانی کے کرتوت، اس نے میرے پٹے ناحق پکڑ رکھے ہیں!"

اور بی جان بپھری ہوئی شیرنی کی مانند گرج رہی تھی: "قسم ہے جناب امیر کی کہ آج اس کا لہو نہ پیا تو کچھ بھی نہ کیا، آج اسے اس لائق نہ چھوڑوں گی کہ میری طرح کسی اور کی بہو بیٹی بھگائے!"

ولی عہد بہادر کی ایما پر چند محل دارنیوں نے بی جان کے جھونٹے پکڑ لئے اور اسے کھینچ کر غلام رضا کی جان چھڑائی۔

ولی عہد بہادر نے ناخوش گوار لہجے میں کہا: "ہم تو تمہیں یہ سوچ کے یہاں لے آئے تھے کہ تمہیں خوشدامن بنا کے اپنے پاس ہی رکھ لیں گے لیکن تم حد درجے مشتعل مزاج اور بے ادب نکلیں، اگر تم اب بھی توبہ کر لو اور شرفا کی طرح رہنے کا وعدہ کر لو تو ہم اب بھی

اس پر رضامند ہیں اور تمہیں نہایت عزت سے رکھیں گے!"

بی جان بے بس ہو کر رونے لگی۔ اس کے سر پر محل دارنیوں کا پرا عقوبت کے فرشتوں کی طرح آنکھیں نکالے کھڑا تھا۔

غلام رضا نے آزاد ہوتے ہی ولی عہد بہادر کے پیر پکڑ لئے اور گڑگڑا کے عرض کیا: "حضور والا! اگر آپ واقعی اس خون کی پیاسی دیونی کو اپنے ساتھ رکھنے پر مُصر ہیں تو یہ بندہ ہمیشہ کے لئے الوداع کہہ جائے گا۔"

ولی عہد بہادر کی طبیعت حد درجہ متعفن ہو چکی تھی۔ انہوں نے داروغہ نجم النسا سے کہا: "اس فتنی کو خدا کے لئے یہاں سے دفعان کرو، ہم تو عاجز آچکے ہیں اس شور غل سے!"

آخر بمشکل تمام یہ طے پایا کہ ولی عہد بہادر بی جان کو ننھی جان کے عوض پانچ ہزار روپے، دو کشتیاں پارچہ جات اور تقریباً بیس ہزار کی مالیت کے زیورات دیں گے۔ ننھی جان راتیں ولی عہد بہادر کے ساتھ اور دن اپنی ماں کے پاس گزارے گی۔ ولی عہد بہادر نے تمام شرائط مان لیں اور بی جان کو دے دلا کے بمشکل وہاں سے رخصت کر دیا گیا۔

ولی عہد بہادر ننھی جان پر کچھ اس طرح قربان ہوئے کہ کسی اور کا کمتر ہی خیال آیا۔ جب وہ دن میں چلی جاتی تو ولی عہد بہادر پر اداسی اور شاعری کا دورہ پڑتا۔ محل کی بیسیوں حسین و جمیل عورتیں اور نوخیز لڑکیاں ولی عہد بہادر کا دل بہلانے کی کوشش کرتیں لیکن ولی عہد بہادر باری باری ان سبھوں کے عشق میں مبتلا رہ کر اور شربت وصل پی پی کر صحت یاب ہو چکے تھے۔ ان کی حیثیت جھوٹی شراب جیسی تھی یا چبائے ہوئے نوالے جیسی۔ اب ولی عہد بہادر کو ان میں وہ لذت نہیں محسوس ہوتی تھی جیسی ان کی اولین صحبتوں میں حاصل ہوتی رہی تھی۔ ننھی جان ان سب کے حسد اور جلاپے کا نشانہ تھی اور انہیں اچھی طرح یقین تھا کہ وہ دن زیادہ دور نہیں جب ننھی جان بھی انہی کے زمرے میں شامل کر دی جائے گی۔ محل کی ان عورتوں کی تعلیم و تربیت پر جو استاد رکھے گئے تھے وہ اپنے وقت کے بہت بڑے گوئیے اور موسیقار تھے۔ انہی میں تینتیس چونتیس سالہ نومسلم راجپوت قطب علی خاں ستار نواز بھی تھا بریلی کا رہنے والا۔ بانکا ستار نواز خوب صورت بھی تھا اور عاشق مزاج بھی بڑی بڑی مونچھیں، گندمی رنگ بال لمبے گُدی پر پڑے ہوئے، لکھنے پڑھنے میں ماہر، اچھا شاعر، ولی عہد بہادر نے اس سے خود بھی ستار بجانا سیکھا اور محل کی مہ وشوں کو بھی سکھوایا۔ غلام رضا کی طرح اسے بھی ولی عہد بہادر کے

مزاج میں بڑا رسوخ حاصل تھا۔ زمانہ علم موسیقی میں اسے نائک کا درجہ دیا گیا تھا۔
محل میں کنول روشن ہو چکے تھے۔ باہر کے راستوں کے آس پاس مرد نگیں جلادی گئی تھیں ولی عہد بہادر کے سامنے قطب علی خاں ستار نواز بیٹھا تھا۔ ولی عہد بہادر کی نظریں بار بار دروازے کی طرف اُٹھ جاتی تھیں، استاد قطب علی ولی عہد بہادر کی بے چینی محسوس کر رہا تھا اور یہ بھی جانتا تھا کہ انہیں اس وقت کس کا انتظار ہے۔ ولی عہد بہادر یکایک اُٹھ کر ٹہلنے لگے قطب علی بھی کھڑا ہو گیا۔ پاس جا کے پوچھا۔
"نصیبِ دشمناں! آج حضور کچھ پریشان نظر آ رہے ہیں!"
ولی عہد بہادر نے ٹھنڈی سانس بھر کر جواب دیا: "غلام رضا" ہمارا پروردہ نمک خوار ہے لیکن اسے اتنا بھی احساس نہیں کہ انتظار نے ہمیں کتنا پریشان کر رکھا ہوگا۔ الانتظار اشد من الموت (انتظار میں موت جیسی سختی ہے)
قطب علی نے مذاق اُڑانے کے انداز میں کہا: "کس کی نمک خواری کا ذکر فرما رہے ہیں آپ؟ غلام رضا کی؟ حضور والا! آپ کو میری بات اچھی لگے یا بُری لیکن میں کہوں گا ضرور ہی۔ غلام رضا کی بابت لوگ معلوم نہیں کیسی کیسی باتیں کرتے پھرتے ہیں، وہ سرے سے آپ کا نمک حلال یا وفادار ہے ہی نہیں!"
ولی عہد بہادر نے کہا: "ایسا مت کہو قطب علی خاں! اس نے ننھی جان کے معاملے میں بڑی وفاداری کا ثبوت دیا ہے اور وہ ہر روز چراغ جلتے ہی ننھی جان کو لے کر حاضر ہو جایا کرتا ہے۔ آج معلوم نہیں کیا افتاد پیش آئی کہ ابھی تک غائب ہے!"
قطب علی نے بے بسی سے کہا: "اگر حضور غلام رضا کو ایسا تصور فرماتے ہیں تو ایسا ہی ہوگا لیکن زبانِ خلق کو نقارۂ خدا سمجھو، دنیا تو غلام رضا کو کچھ اور ہی کہتی ہے!"
ولی عہد بہادر ننھی جان کی مفارقت میں گنگنانے لگے، مزاج شناس داروغہ نجم النسائ نے ولی عہد بہادر کی دل بستگی کی خاطر محفل رقص و موسیقی منعقد کر دی۔ ولی عہد بہادر جانِ محفل بنے اور ان کے سامنے پریوں کے غول کھڑے ہو گئے۔ ایک طرف سازندے بیٹھ گئے۔ طبلے پر تھاپ پڑی، گھنگھرو کھنکنے اور جسم تھرکنے لگے۔ ولی عہد بہادر نے استاد قطب علی خاں کو اپنے بائیں جانب بٹھا لیا۔
پہلے کئی کئی پریوں نے مل کے رقص کیا اس کے بعد مشّاق اور نوخیز لڑکیوں نے فرداً فرداً ناچنا شروع کیا۔ ولی عہد بہادر کا غم غلط ہو رہا تھا۔ رقص کے بعد گانے والیاں آگے بڑھیں اور سازوں کی ہم آہنگی سے محفل میں آگ سی لگا دی، ولی عہد بہادر کو پھر ننھی جان یاد آنے لگی

فرمایا: "ہائے ہائے اس وقت ننھی جان نہ ہوئیں ہمارے پہلو میں!"

قطب علی خان نے سرگوشی میں عرض کیا: "حضور والا سے کچھ عرض کرنے کی ہمت کرتا ہوں اور ڈر کر رہ جاتا ہوں!"

"کہو کہو ڈرو مت!" ولی عہد بہادر نے جواب دیا۔

قطب علی نے کہا: "حضور والا بیگم تاج محل سے تو واقف ہی ہوں گے؟"

"خوب اچھی طرح، خدا نے انہیں بلا کا حسن عطا فرمایا ہے اور ان کی نظر کا گھائل مشکل ہی سے جاں بر ہوتا ہے!"

"تو کیا خیال ہے حضور کا۔ اگر فرمائیں تو انہیں کل ہی خدمت عالی میں حاضر کر دیا جائے!"

ولی عہد بہادر نے جواب دیا: "ہم سے زیادہ حسن کا قدر دان کون ہوگا؟ تاج محل کا زخم ہمارے دل پر بھی ہے لیکن ان سے ملنے میں ایک قباحت ہے!"

"یعنی؟ کچھ بندے کو بھی اس بات کا پتہ چلے تو شاید اسے دور کرنے کی کوشش کرے!"

ولی عہد بہادر نے جواب دیا: "وہ بدقسمتی سے ہمارے چچا حضرت نصیر الدین حیدر خلد منزل کی محل رہ چکی ہیں بس ذرا چچا کا ادب و لحاظ مانع ہے ورنہ تمہیں نہیں معلوم کہ خود تاج محل نے کئی بار ہم سے ملاقات کا اشتیاق ظاہر کیا!"

قطب علی نے کہا: "اچھا، وہ نہیں تو کوئی دوسری سہی، ایک اور پری پیکر میری نظر میں ہے، اگر حضور کی اقبال مندی اور اپنی قسمت نے یاوری کی تو اسے دو ایک دن میں حاضر کر دوں گا!"

ولی عہد بہادر کی پوری توجہ قطب علی کی طرف منعطف ہوگئی۔ حالتِ اضطراب میں فرمایا "اماں واللہ؟ کہاں ہے وہ پری پیکر؟ یعنی یہ بات ہے کہ ہمیں اس کی ہوا تک نہ دی۔ تمہیں قسم ہے جو تم اسے کل ہی ہمارے روبرو پیش نہ کرو!"

قطب علی نے جواب دیا: "آپ بے فکر رہیں، میں غلام رضا نہیں ہوں، میرے قول و فعل میں حضور والا کبھی تضاد نہ پائیں گے۔ جو کہوں گا اسے پورا کروں گا!"

سازندے اور محوِ رقص لڑکیاں ولی عہد بہادر کی عدم توجہ کے باعث اُکتا رہی تھیں، ڈرتے ڈرتے داروغہ نجم النساء نے ولی عہد بہادر سے عرض کیا: "اگر رقص و موسیقی سے حضور والا کی طبیعت سیر ہو چکی ہو تو یہ محفل برخاست کر دی جائے!"

لیکن اسی وقت ولی عہد بہادر کے چھوٹے بھائی مرزا سکندر کی تشریف آوری کا غلغلہ بلند ہوا، لوگ مؤدب ہوگئے۔ قطب علی خاں کھسک کر دور جا بیٹھا۔ مرزا سکندر نے سر کے اشارے سے رقص و موسیقی جاری رکھنے کا حکم دیا اور بڑے بھائی سے کہنے لگے: "ہم نے آپ کی پریوں

کی بڑی تعریفیں سنی ہیں اس وقت ان کے فن کا مشاہدہ کرنے آ گئے ہیں!"

ولی عہد بہادر نے کہا۔"خوب ماشاء اللہ، تم بھی تو اپنے آس پاس جمال بمثال اور پری تمثال کا ہجوم لازوال رکھتے ہو، پہلے تم ہمارے کلاونتوں کا مشاہدہ کر لو، پھر ہمیں اپنی پریوں سے ملا دینا!"

مرزا اسکندر نے مسکرا کر کہا۔"سر دست ہمارے پاس ایک ایسی زبردست مغنیہ اور رقاصہ موجود ہے کہ اس کے جمال و کمال کی دوسری کوئی مثال نہیں ملتی!"

ولی عہد بہادر نے پہلو بدلتے ہوئے کہا۔"پھر ہمیں بھی ملاؤ اس حسن بے مثال اور شاہ کار باکمال سے!"

"ضرور ملائیں گے!" مرزا اسکندر نے جواب دیا۔

"پھر کب؟" ولی عہد بہادر نے بے چینی سے سوال کیا۔

"عنقریب، کسی بھی دن، آپ اس کے لئے پریشان ہرگز نہ ہوں!"

"واہ یہ کس طرح ممکن ہے کہ آگ لگے اور دھواں نہ ہو!" ولی عہد بہادر کی بے تابی قابل دید تھی۔

مرزا اسکندر دل ہی دل میں پچھتا رہے تھے کہ ناحق یہ ذکر کیا۔

ولی عہد بہادر نے پوچھا۔"پھر ہم اس کی کل تک امید کریں!"

مرزا اسکندر نے جواب دیا۔"ہم کوشش کریں گے!"

اس کے بعد مرزا اسکندر رقص و موسیقی میں کھو گئے۔ انہیں بڑا مزہ آیا۔ کچھ دیر بعد جب یہ جانے لگے تو ولی عہد بہادر نے ایک بار پھر عہد لیا۔"تو کل شام تک تم اس آفت جاں سے ضرور ملا دو گے؟"

"اگر اللہ نے چاہا" مرزا اسکندر جواب دے کر چلے گئے تو ولی عہد نے قطب علی کو پھر اپنے قریب بلا لیا اور کہا۔"تو تم اپنے ہیرے کو کب لا رہے ہو؟"

قطب علی نے جواب دیا۔"غالباً کل ہی، آپ زیادہ فکر نہ کریں!"

ولی عہد بہادر نے سینے پر ہاتھ مار کے جواب دیا۔"فکر کیسے نہ کریں، اس دل پر ہاتھ رکھ کر دیکھو، کسی کی یاد میں کس بری طرح دھڑک رہا ہے!"

رقص و موسیقی کی محفل برخاست کر دی گئی، صبح قریب تھی، خوابگاہ میں جاتے ہوئے ولی عہد بہادر کو دکھ ہو رہا تھا۔ اس عالم بے کیفی اور لمحۂ بے لطفی میں داروغہ نجم النساء نے بڑا کام کیا۔ معلوم نہیں کہاں سے لا کے حسن و شباب کی ایک نازک اندام ولی عہد بہادر کی آغوش

میں ڈال دی، اور کہا۔" اسے میں نے اپنی بے نطقی کے موقعوں کے لئے رکھ چھوڑا تھا۔ بارے خدا کا شکر ہے کہ اس نے مجھے شرمندہ نہیں کیا!"

ولی عہد بہادر نے اس پری پیکر کو اسی وقت اپنی مسہری پر گرالیا اور اس سے ہم آغوش ہوکر بوس وکنار کرنے لگے۔

اس کا نام عمدہ بیگم تھا۔ ننھی جان کی کمی اس نے پوری کر دی تھی!

دوسرے دن پیر چڑھے ہانپتا کانپتا غلام رضا بھی نازل ہوگیا۔ اس کے ہاتھوں پیروں پر پٹیاں بندھی ہوئی تھیں، ولی عہد بہادر نے گھبرا کر کہا۔" یا اللہ خیر، تم نے اپنا یہ حال کیا بنا رکھا ہے؟"

غلام رضا نے جواب دیا۔" حضور کچھ نہ پوچھئے، حضور پر سے صدقے ہو جانے کی ایک خواہش تھی جو پوری نہیں ہوسکی!"

" غلام رضا!" ولی عہد بہادر نے کہا۔" کچھ عرض بھی کرو!"

غلام رضا نے روتے ہوئے جواب دیا۔" کل جب میں ننھی جان کو لینے پہنچا تو اس گھر میں ایک گرانڈیل شخص کو موجود پایا۔ میں نے یہ بھی محسوس کیا کہ وہ لوگ اس سے ڈرتے ہیں، میں نے ننھی جان سے کہا کہ حضور ولی عہد بہادر کے پاس چلنے کی تیاری کرلو۔"

ولی عہد بہادر نے نہایت انہماک سے یہ داستان سنی اور دریافت کیا۔" پھر کیا ہوا؟"

" پھر یہ ہوا کہ میں نے وہاں شور غل مچایا۔ اس پر وہ شخص اکڑ کر میرے قریب آیا اور پوچھا، "تم یہ شور غل کیوں کر رہے ہو؟"

" میں نے جواب دیا۔" میں ننھی جان کو لینے آیا ہوں اور تم کون ہو شیطان کی اولاد!"

" اس نے یہ سنتے ہی آؤ دیکھا نہ تاؤ میری مرمت شروع کر دی۔ ننھی جان اور بی جان نے بمشکل مجھے اس یزید کے چنگل سے آزادی دلائی۔ میں بھی مار کھانے کے باوجود وہیں ڈٹا رہا اور ننھی جان کو لانے پر مُصر رہا۔ بہت بعد میں مجھے یہ معلوم ہوا کہ ننھی جان کی اس کے ساتھ منگنی ہوچکی ہے اور اب وہ بی جان سے شادی کی تاریخ لینے آیا ہے۔"

ولی عہد بہادر نے گھبرا کر کہا۔" لیعنی یہ کیا بات ہوئی؟ یہ بات ننھی جان نے ہمیں کیوں نہ بتائی؟"

غلام رضا نے جواب دیا۔" حضور والا عورت ذات بڑی شرمیلی ہوتی ہے، بس شرم وحیا آڑے آئی ہوگی ورنہ جہاں تک میں جانتا ہوں ننھی جان آپ پر جان دیتی ہے!"

ولی عہد بہادر نے پوچھا: "پھر اب کیا ہوگا غلام رضا خاں صاحب؟ ہم تو اس کی جدائی میں کوچ کر جائیں گے!"

"حضور مایوس نہ ہوں، خدا پر بھروسہ رکھیں، اللہ نے چاہا تو ساری مشکلیں دور ہو جائیں گی!"

ولی عہد بہادر نے کہا: "کچھ بھی ہو، ہم ننھی جان سے دستبردار ہونے کو تیار نہیں ہیں، تم کسی وقت کوتوال کو ہمارے پاس لے آنا، وہ سب کچھ درست کر دے گا!"

غلام رضا نے جواب دیا: "کوتوال صاحب وہاں جاتے ہی جوتے کاری شروع کر دیں گے جبکہ حالات اور وقت کا تقاضہ کچھ اور ہی ہے میں ننھی جان کے منگیتر کو راضی کرنے کی کوشش کروں گا اور مجھے یقین ہے کہ میں اس میں ناکام نہیں رہوں گا!"

"بے شک اب تمہی کچھ کر سکتے ہو ورنہ ہمارے تو ہوش و حواس ہی ٹھکانے نہیں ہے!"

غلام رضا نے آس پاس کا سرسری جائزہ لے کے دریافت کیا: "تو حضور والا کی طرف سے اجازت ہے؟"

"بالکل بالکل۔ ہماری طرف سے تمہیں ہر بات کی اجازت ہے!"

غلام رضا فوراً ہی واپس جاتے ہوئے بولا: "پھر حضور والا انتظار فرمائیں بندہ بہت جلد اس مشکل پر بھی قابو پا لے گا اور ننھی جان کو ایک بار پھر آغوشِ جانِ عالم میں لا بٹھائے گا!"

"آمین!" ولی عہد بہادر نے کہا۔ "خدا تمہیں کامیابی سے ہمکنار کرے!"

پورا دن اس انتظار میں گذر گیا کہ مرزا سکندر اپنی محبوبہ کو لے کر آئیں گے لیکن وہ نہیں آئے۔ شام کے قریب پیغام آگیا کہ پچھلے دو دنوں سے وہ بہت زیادہ رقص کرتی رہی ہیں اس لئے تھکان غالب ہے۔ جیسے ہی چستی آئے گی مرزا سکندر انہیں لے کر حاضر ہو جائیں گے۔ اس پیغام سے بڑی مایوسی ہوئی اور ولی عہد بہادر کو بڑا دکھ پہنچا۔ زیر لب فرمایا: "ایسی بھی تھکان کیا کہ ہمارے پاس آتے آتے گویا پاؤں ٹوٹ جاتے۔" اب انہیں قطب علی کا انتظار تھا۔ انتظار انتظار انتظار۔ ولی عہد بہادر تو اس لفظ سے بخار چڑھنے لگا، وہ اکثر یہ جملہ دہراتے رہتے کہ "اودھ کا ولی عہد بہادر اور زحمتِ انتظار! واللہ کیسی ستم ظریفی ہے قسمت کی!"

محل سرا کی پریوں سے دل بہلانے کی کوشش کی، کچھ دیر غم غلط بھی ہوا لیکن طبیعت پھر نو بہار نازنین کے انتظار پر مائل ہو گئی۔ قطب علی خاں نصف رات گذر جانے کے بعد

ایک لڑکی لایا بھی تو وہ صرف گیارہ سال کی تھی۔ ناک نقشہ ہزاروں میں ایک، رنگ میدہ شہابی، آنکھیں نشے میں ڈوبی ہوئی، چال قیامت، معصومیت ہوش ربا۔ لیکن اس سے ولی عہد بہادر کیا دل بہلاتے۔ قطب علی سے فرمایا: "بھئی تم یہ کسے لے آئے؟ ہم تو کچھ اور ہی سمجھ رہے تھے!"

قطب علی نے جواب دیا: "حضور! یہ نادر شے ذرا پرورش و پرداخت چاہتی ہے دو سال بعد ایسی قیامت نکلے گی کہ حضور کو مزہ آجائے گا!"

ولی عہد بہادر نے کچھ سوچتے ہوئے کہا: "ہاں یہ بات تو ہے!" پھر داروغہ نجم النسا کو بلا کر حکم دیا: "نجم النسا! اسے اپنے ساتھ لے جاؤ اور کھلا پلا کے ایسی اعلا تربیت دو کہ دو سال کے بعد جب ہم اسے دوبارہ طلب کریں تو ہمیں مایوسی نہ اٹھانی پڑے؟"

نجم النسا نے ادب سے جواب دیا: "بہت بہتر ہے بندہ پرور، آپ مطمئن رہیں!"

"اور ہاں دیکھو!" ولی عہد بہادر نے کہا: "ایک شاندار محفلِ رقص و موسیقی منعقد کی جائے، ہم پر آج پھر اداسی کا شدید دورہ پڑ رہا ہے!"

حکم کی دیر تھی فوراً ہی ایک شاندار محفلِ موسیقی منعقد ہوگئی، ولی عہد بہادر راجا اندر بن گئے اور ان کے روبرو ہر رنگ پری رقص و موسیقی کے جوہر دکھانے لگی۔ ولی عہد بہادر سے ان کی لگاوٹیں اور اشارتیں ایسی نہیں تھیں کہ وہ ان کا اثر نہ لیتے۔ وہ ناچتے ناچتے ولی عہد بہادر کے پاس جاتیں اور بھاؤ بتا کر اس طرح للچاتیں کہ ولی عہد بہادر اپنا دل پکڑ کر رہ جاتے۔

دوسرے دن صبح ہی صبح ولی عہد بہادر جیسے ہی بیدار ہوئے انہیں مطلع کیا گیا کہ غلام رضا باریابی کا خواستگار ہے۔ حکم ہوا فوراً حاضر کیا جائے۔

غلام رضا ولی عہد بہادر کے سامنے تین بار جھک کر کورنش و تسلیمات بجا لایا اور عرض کیا: "حضور والا! جناب کی اقبال مندی سے کام بن گیا ہے، ننھی جان کا منگیتر دستبرداری کے عوض پندرہ ہزار روپے مانگتا ہے۔ اس ناچیز نے حضور کی طرف سے یہ وعدہ کر لیا ہے کہ پندرہ ہزار کیا، بات عزت و آبرو اور شاہی آن کی ہے اس پر پچاس ہزار بھی نچھاور کر دئے جائیں تو کوئی حرج نہیں، بہرحال پھر بھی بات پکی ہوگئی ہے آپ مجھے پندرہ ہزار روپے عنایت فرما دیں تاکہ میں یہ روپے ننھی جان کے منگیتر کے منہ پر مار کے ننھی جان غریب کو اس موذی کے چنگل سے نجات دلاؤں اور آپ کی خدمت میں حاضر کر دوں!"

ولی عہد بہادر نے ہنکاری بھری اور غلام رضا کو اسی وقت پندرہ ہزار روپے دلوا دیے

جب غلام رضا جانے لگا تو انہوں نے دریافت کیا: "پھر کس وقت حاضر ہو رہے ہو تم ننھی جان کو لے کر؟"

غلام رضا نے جواب دیا: "شاید ابھی اسی وقت، اگر اس وقت کسی وجہ سے نہ لا سکا تو رات کو عشاء سے پہلے ضرور لے آؤں گا!"

ولی عہد بہادر نے سکوت اختیار کیا۔ غلام رضا چلا گیا تو قطب علی نے حاضر ہو کر ولی عہد بہادر کو یہ خبر سنا کے پریشان کر دیا کہ "غلام رضا جھوٹا ہے، ننھی جان کا کوئی منگیتر ونگیتر نہیں یہ سب چھوٹے سرکار سے روپے اینٹھنے کے بہانے ہیں اور کچھ نہیں۔" اور اس نے ولی عہد بہادر سے شرط لگائی کہ اگر غلام رضا ننھی جان کو لے کر حاضر ہو جائے تو وہ شرط ہارنے کی وجہ سے ہر وہ سزا جھیلنے کو تیار ہے جو ولی عہد بہادر تجویز فرمائیں گے!

ولی عہد بہادر نے تکلفاً کہا: "رات زیادہ دُور نہیں، غلام رضا ہمارا نمک خوار ہے وہ شاید نمک حرامی کا مرتکب نہیں ہوگا!"

"یہ حضور والا کی اعلیٰ ظرفی ہے کہ ہر کسی کو اچھا اور نیک تصور فرماتے ہیں!"

ولی عہد بہادر نے پوچھا: "کل تم جس لڑکی کو لائے تھے، وہ کس سے لائے تھے اور اس کا کوئی معاوضہ وغیرہ؟"

قطب علی نے جواب دیا: "بس حضور نے اسے پسند فرما لیا یہی اس کا معاوضہ ہے!"

"نہ بابا، ہمیں یہ بات ہرگز پسند نہیں، تمہیں تو اس کی قیمت لینی ہی پڑے گی!"

قطب علی نے کہا: "اگر حضور اس کی قیمت کی ادائگی پر اتنے ہی مصر ہیں تو میں یہ مسئلہ بھی آپ ہی پر چھوڑتا ہوں اور میں اچھی طرح جانتا ہوں کہ آپ سے ناانصافی ہو ہی نہیں سکتی!"

ولی عہد بہادر نے اس لڑکی کے عوض قطب علی کو تین ہزار روپے دلوا دیے۔

رات کو پھر اسی انتظار سے واسطہ پڑا جس سے ولی عہد بہادر کی جان سوکھتی تھی، غلام رضا پھر غائب تھا۔ ولی عہد کو رہ رہ کر غصہ آ رہا تھا۔ مرزا سکندر کا بھی کہیں پتہ نہ تھا۔ لوگوں سے پرسش کرنے پر بس اتنا ہی معلوم ہو سکا کہ وہ بھی کچھ زیادہ ہی مصروف ہیں، اس رات ایک دوسرے سازندے نے خلافِ توقع ایک غیر معمولی شکل وصورت کا نوخیز معروضہ ولی عہد بہادر کی خدمت میں پیش کر دیا۔ جھاڑ فانوس اور کنول کی روشنی میں اس نوآمدہ کا چہرہ آگ کی طرح تمتمایا نظر آ رہا تھا۔ سازندے نے عرض کیا: "حضور والا! آج کئی دن سے یہ ناچیز آپ کو بہت پریشان پریشان اور کھویا کھویا سا محسوس کر رہا تھا اور کوئی علاج تو اس غلام کے بس کا تھا نہیں ڈالی ڈالی سے یہ ذرا بے بہا اپنے ہاتھ آ گیا تھا میں اسے حضور کی خدمت میں لے آیا!"

ولی عہد بہادر کی تیز اور حسن پرست نظروں نے اُس بیس بائیس سالہ حسینہ کا کچھ ایسا جائزہ لیا کہ وہ سکڑنے سمٹنے لگی، ولی عہد بہادر نے اسے اپنے قریب بلایا اور دریافت کیا: "تمہارے پدر بزرگوار کیا کرتے ہیں؟"

"ان کا انتقال ہو گیا!" لڑکی نے جواب دیا۔

"پھر تم کس کے ساتھ رہتی ہے؟"

"اپنے شوہر کے ساتھ!"

"شوہر کے ساتھ؟" ولی عہد بہادر نے چونک کے سوال کیا۔

"جی ہاں جناب، بندی اپنے شوہر کے ساتھ رہتی ہے!"

ولی عہد بہادر نے پوچھا: "تم یہاں ہمارے پاس کیا لینے آئی ہو؟"

لڑکی نے اپنی نظریں پیر کے انگوٹھے پر گاڑ رکھی تھیں۔ نظریں اُٹھائے بغیر بولی: "بندی نے حضور کے حسن کی اتنی تعریفیں سُن رکھی تھیں کہ آپ کی نادیدہ عاشق ہو گئی اور میں مہینوں سے ہجر و فراق کی آگ میں جل رہی تھی!"

"خوب!" ولی عہد بہادر نے تبسم فرمایا: "یہ عجیب بات ہے کہ ہمارے حسن کا چرچا چہار دانگ عالم میں خود بخود پھیل گیا ہے؟" پھر سوال کیا: "تم نے ہمیں دیکھا تو کیسا پایا!"

لڑکی نے ذرا سی نظر اُوپر اٹھا کر پھر جھکالی، بولی: "بس جس طرح ضبط کیے کھڑی ہوں کچھ میں ہی جانتی ہوں، ورنہ اندر دل کا یہ عالم ہے کہ قابو میں ہی نہیں آ رہا۔ حضور کے حسنِ خرد سوز نے سارے جسم میں ایک عجیب سی سنسناہٹ پھیلا دی ہے اور پیروں کی طاقت آہستہ آہستہ سلب ہوتی جا رہی ہے!"

ولی عہد نے آگے بڑھ کر لڑکی کو سہارا دیا اور مسہری پر لا بٹھایا، اس سے بھڑ کر خود بھی بیٹھ گئے، پوچھا "تمہارا نام کیا ہے؟"

لڑکی نے جواب دیا: "پری خانم!"

ولی عہد بہادر کا چہرہ خوشی سے لہک اُٹھا، بے اختیار اسے اپنی آغوش میں لے لیا اور اس کے لب و رخسار پر بوسوں کی بارش کر دی، ذرا دم لے کر بولے: "کیسا خوبصورت نام ہے تمہارا، بالکل حسن و صورت جیسا!"

پری خانم نے خود کو ولی عہد بہادر کے حوالے کر دیا تھا۔ وہ بڑی دیر تک لطفِ صحبت اُٹھاتے رہے، خود بھی پسینے پسینے ہو گئے، پری خانم کو بھی ہلکان کر ڈالا۔ جب ہوش بجا ہوئے تو اسے اپنے سامنے بٹھا لیا اور چہرے کے بے داغ سطح کا مشاہدہ کرنے لگے۔ پھر سوال کیا: "اچھا

پری خانم! اب تم یہ بتاؤ کہ ہم سے کوئی پیمانِ وفا بھی باندھو گی یا یوں ہی بعض دوسروں کی طرح ہمیں بلکتا سسکتا چھوڑ کر چلی جاؤ گی؟"

پری خانم نے جواب دیا: "بندی نے تو حضور سے عشق کیا ہے اور کوئی عاشق بھی کہیں دھوکا کرتا ہے!"

ولی عہد بہادر نے اس کی نرم و ملائم زلفیں نتھنوں سے لگالیں اور سانس اوپر کھینچتے ہوئے فرمایا: "اگر یہ بات ہے تو تم اپنے شوہر کا کیا کرو گی؟"

پری خانم نے جواب دیا: "طلاق لے لوں گی!"

ولی عہد بہادر نے کسی قدر خوشی کا اظہار کیا: "خوب خوب، واللہ عشق اسے کہتے ہیں ایک ایک ننھی جان ہیں کہ اپنے عشق کا دم تو بہت بھرتی ہیں لیکن بزدلی کا یہ عالم ہے کہ منگیتر سے پیچھا چھڑانا امرِ محال محسوس کر رہی ہیں!"

پری خانم نے پوچھا: "یہ ننھی جان کون ہے حضورِ والا؟"

"ایک ہیں!" ولی عہد بہادر نے جواب دیا: "چند دن پہلے تک اپنا دل انہی کی مٹھی میں تھا!" یہ کہتے کہتے ولی عہد بہادر نے نہایت گہری سانس بھری بولے: "سوچتے ہیں اب اس بے وفا کا دل میں خیال تک نہ لائیں!"

پری خانم نے سکوت اختیار کیا۔ کچھ دیر کی خاموشی کے بعد ولی عہد بہادر نے پوچھا: "اچھا ہم دونوں کی ملاقات کب اور کس طرح ہوا کرے گی؟"

پری خانم نے جواب دیا: "حضورِ والا میرے لئے دن رات کا کوئی بھی حصہ مقرر فرما دیں یہ بندی اسی وقت حاضر ہو جایا کرے گی؟"

ولی عہد بہادر نے کہا: "رات کیسی رہے گی؟"

پری خانم نے جواب دیا: "چند دنوں تک دن کی ملاقاتیں رکھئے تو اچھا رہے گا، پھر رات کو بھی رہ جایا کروں گی!"

"تمہاری خوشی!" ولی عہد نے جواب دیا: "لیکن آج کی پوری رات تو ہماری ہے!"

"بسر و چشم!" پری خانم نے جواب دیا۔

اور اسی صحبت میں ولی عہد بہادر پر یہ راز کھلا کہ پری خانم صرف حسین و جمیل ہی نہیں، ناچ گانے میں بھی طاق ہے۔ اس خوبی نے ولی عہد بہادر کے دل کو اور زیادہ فتح کر لیا۔

⁂

رات نصف سے زیادہ گذر چکی تھی۔ کنول اور فانوس میں روشن قندیلیں شکست اور سوگوار

محسوس ہو رہی تھیں، بالکل اسی طرح جس طرح بڑھاپے کی چوکھٹ میں داخل ہو کر جوانی اُداس اور سوگوار ہو جاتی ہے، ولی عہد بہادر نہ خود سوتے تھے اور نہ پری خانم کو سونے دیتے تھے اسی لمحے ایک بگھی محل سرا کے کافی دُور رُکی اور اس میں سے ایک عورت نیچے اُتری، اس کے ساتھ ایک مرد بھی تھا۔ عورت نے اپنی جوتیاں اُس مرد کے حوالے کر دیں عورت سفید چادر میں لپٹی ہوئی تھی، دونوں نے ایک دوسرے کو لمحے بھر کے لئے دیکھا اور عورت نے مرد سے کہا "غلام رضا! تم اسی بگھی میں واپس جاؤ!"

غلام رضا نے جواب دیا "میں اُس وقت تک یہاں کھڑا رہوں گا جب تک تم محل سرا میں داخل نہ ہو جاؤ گی!"

عورت نے پریشان لہجے میں کہا "غلام رضا! مجھے ڈر ہے کہ یہ بگھی کوئی دیکھ نہ لے!"

غلام رضا ہنس دیا "اگر کوئی اس بگھی کو دیکھ بھی لے گا تو اس میں تمہارا کیا نقصان ہے ننھی جان! وہ یہ کس طرح سمجھے گا کہ تم اس بگھی سے آئی ہو!"

"ہاں تمہاری یہ بات بھی درست ہے!" ننھی جان نے جواب دیا "اچھا میں چلتی ہوں اب صبح ملاقات ہوگی!"

غلام رضا نے کہا "خوش قسمتی سے بخار بھی بڑے اچھے وقت پر آیا ہے، اس اتفاق سے پورا پورا فائدہ اٹھانے کی کوشش کرنا"

ننھی جان نے محل سرا کی طرف جاتے ہوئے کہا "فکر نہ کرو، یہ میرا کام ہے، ننھی جان کا کام!"

اِدھر ننھی جان محل میں داخل ہوئی، اُدھر بگھی واپس ہو گئی۔

داروغہ نجم النساء نے ننھی جان کو اسی وقت ولی عہد بہادر کی خدمت میں پہنچا دیا۔ ننگے پیر، جن پر گرد و غبار جما ہوا، جسم بخار سے تپتا ہوا۔ چادر میں چھپی دبی ننھی جان جب ولی عہد بہادر کی خلوت میں پہنچائی گئی، اس وقت وہ پری خانم سے حظ اٹھا رہے تھے۔ ننھی جان، پری خانم کی پروا کئے بغیر ولی عہد بہادر کے قدموں میں گر گئی، ولی عہد بہادر میں چھپا ہوا ننھی جان کا عشق بیدار ہو گیا۔ اسے قدموں سے اٹھا کر سینے سے لگا لیا لیکن بخار کی تپش محسوس کرتے ہوئے بے تابی سے پوچھا۔ "کیا تم بخار میں مبتلا ہو؟"

ننھی جان نے کوئی جواب نہ دیا، آنکھوں سے آنسو جاری تھے جو رُخسار سے بہہ کر سینے پر گر رہے تھے۔ اچانک ولی عہد بہادر کی نظر برہنہ پیروں پر پڑی، گھبرا کر کہا۔ "ارے تم ننگے پیر ہو تمہاری جوتیاں کہاں ہیں؟"

ننھی جان نے سسکیاں لیتے ہوئے جواب دیا: "گھر پر رہ گئیں!"

ولی عہد بہادر کی بے چینی اور حیرت میں اضافہ ہوتا جارہا تھا۔ پوچھا: "اس وقت تم کہاں سے آرہی ہو؟"

ننھی جان نے جواب دیا: "بلوچ پورہ والے مکان سے!"

"اُفوہ!" ولی عہد نے کہا: "وہ تو یہاں سے ڈیڑھ میل کے فاصلے پر ہے!"

ننھی جان نے کوئی جواب نہ دیا۔

پری خانم نے اپنے عریاں جسم کو چادر سے ڈھانپ رکھا تھا اور ننھی جان کو رشک و حسد سے گھور رہی تھی۔ اس وقت ولی عہد بہادر کی انا نے اپنی تسکین کی خاطر ایک دلچسپ مشغلے کا منصوبہ بنایا۔ انہوں نے سوچا، کیوں نہ ان دونوں پری وشوں کو باری باری رشک و حسد کی آگ میں جلایا جائے۔ ولی عہد بہادر نے ننھی جان کے جسم کی چادر اتار کے ایک طرف رکھدی اور اس کا ہاتھ ہاتھ میں لے کر دبانا شروع کیا۔ "تم بلوچ پورہ سے یہاں تک کس سواری سے آئیں؟"

ننھی جان نے بھرائی آواز میں جواب دیا: "پیدل، امّاں آنے ہی نہ دیتی تھیں، آخر رات کی تاریکی میں انہیں سوتا چھوڑ کے ننگے پیر نکل کھڑی ہوئی!"

ولی عہد بہادر نے پری خانم کو مخاطب کر کے کہا: "دیکھو عشق اسے کہتے ہیں! بھئی ننھی جان! تم نے تو کمال ہی کر دیا۔ یعنی بلوچ پورے سے یہاں تک بحالتِ بخار، ننگے پیر پیدل اور تنہا چلی آئیں، عشقِ صادق اسے کہتے ہیں، جناب امیر کی قسم، ہم تو مان گئے!"

پری خانم بھی ننھی جان سے کم نہ تھی۔ مسہری سے اٹھی اور کافوری شمع کی طرف جاتی ہوئی بولی: "اگر حضورِ والا کو ہماری کم سخنی کی وجہ سے محبت کا یقین نہیں آیا تو اس کا دوسری طرح بھی ثبوت دیا جاسکتا ہے۔" پھر ولی عہد بہادر کو بطورِ خاص مخاطب کیا: "حضورِ والا! ملاحظہ فرمائیں، کافوری شمع کی آگ اس سے زیادہ تکلیف دہ نہیں، جس نے میرے دل کو مشتعل ہو کر جسم کے گوشت اور ہڈیوں تک کو جلانا شروع کر دیا ہے!"

اس کے بعد پری خانم نے اپنی بائیں ہتھیلی کافوری شمع کی لو پر رکھ دی اور اُف تک نہ کی۔

ولی عہد بہادر نے غیر ارادی طور پر ننھی جان کو خود سے جدا کرنا چاہا لیکن ننھی جان نے انہیں مضبوطی سے اپنی گرفت میں لے لیا تھا۔ ولی عہد بہادر نے ننھی جان کو پیچھے دھکیلتے ہوئے کہا: "ہمیں چھوڑ دو ننھی جان، آخر تمہیں یہ کیا سوجھی ہے، کیا یہ تمہیں نظر نہیں آرہا کہ اس وقت

پری خانم کی جان پر بنی ہوئی ہے!"
ننھی جان نے سسکی بھر کے ولی عہد بہادر کو مضبوطی سے جکڑ لینے کی کوشش کی، میں نہیں چھوڑوں گی، میں نہیں چھوڑوں گی، میں ہرگز نہ چھوڑوں گی، آپ میرے ہیں، صرف میرے!"
ماحول پری خانم کی جلتی ہوئی چربی اور کھال کی چراند سے بدبودار ہو رہا تھا لیکن پری خانم کے ضبط کا یہ عالم تھا کہ منہ سے اُف تک نہ کر رہی تھی۔
ولی عہد بہادر نے ننھی جان کو دھکیل کر خود کو آزاد کیا اور دوڑ کے پری خانم کا ہاتھ شمع کی لَو سے ہٹا دیا۔ پری خانم پر عجیب سا نشہ چھایا ہوا تھا۔ ولی عہد بہادر نے اسے اپنی آغوش میں لے کر پیار کرنا شروع کر دیا۔ بولے۔
"بھئی پری خانم! ہمیں تمہاری محبت کا بھی یقین آ گیا تم نے تو اس وقت کمال ہی کر دیا یعنی یہ عجیب شان ہے رب کریم کی کہ ہم خود کو تم دونوں کا عاشق وامق سمجھتے تھے لیکن یہ بھید کھلا کہ ہم تم دونوں کے عاشق نہیں، معشوق ہیں، اس وقت ہمیں خود پر رشک محسوس ہو رہا ہے۔ اگر اس جگہ حضرت یوسف ہوتے تو وہ بھی ہم پر رشک کرتے!"
پری خانم کی آنکھوں سے بہتے ہوئے آنسوؤں نے ولی عہد بہادر کے انگرکھے کا وہ حصہ تر کر دیا جس پر پری خانم کا چہرہ ٹکا ہوا تھا۔ اب ننھی جان کے جلنے کی گھڑی آ گئی تھی، وہ سوگوار چپ چاپ کھڑی ان دونوں کو دیکھتی رہی پھر باہر جاتی ہوئی بولی۔" اچھا جناب! اگر آپ کو میری محبت کا یقین نہیں آتا تو نہ سہی کوئی بات نہیں، میں محل سرا کی چھت سے کود کر اپنی جان دے دوں گی اور اللہ نے چاہا تو شہیدِ عشق کہلاؤں گی!"
ولی عہد بہادر نے فوراً پری خانم کو چھوڑ دیا اور دوڑ کر ننھی جان کو پکڑ لیا۔ اسے پری خانم کے قریب لا کر ارشاد فرمایا۔
"ارے بھئی! تم دونوں ہمیں کیوں پریشان کر رہی ہو، ہم یہ کب کہتے ہیں کہ ہمیں تمہاری محبتوں کا یقین نہیں، ہم چاہتے ہیں کہ تم دونوں ہی ہمارے کاشانۂ دل میں رونق افروز رہو!"
پری خانم اور ننھی جان آنسو بہانے میں ایک دوسرے کا مقابلہ کرتی رہیں آخر ولی عہد بہادر نے ان دونوں کے حق میں کچھ اس طرح کا فیصلہ سنایا۔ پری خانم ولی عہد بہادر کے ساتھ راتیں نہیں گزار سکتیں اس لئے وہ دن میں آ جایا کریں اسی طرح ننھی جان دن میں نہیں رہ سکتیں، رات کو آ جایا کریں" اور یہ ایسا مناسب فیصلہ تھا کہ دونوں ہی نے منظور کر لیا۔

⁂

دن میں پری خانم، رات کو ننھی جان ہر روز، روزِ عید اور ہر شب، شب برات بڑے مزے

میں شب و روز گزر رہے تھے۔ غلام رضا، قطب علی خاں اور بعض دوسرے سازندے وقتاً فوقتاً ولی عہد بہادر کے لئے چیدہ چیدہ جسمانی اور روحانی غذا بہم پہنچاتے رہے۔ بادشاہ سلامت بھی ولی عہد بہادر کی خوش فعلیوں سے بے خبر نہیں تھے لیکن وہ مذہب کی طرف مبالغے کی حد تک رجوع تھے۔ اس لئے ادھر توجہ نہ دے پاتے تھے۔ مرزا اسکندر منہ چھپائے پھر رہے تھے کیونکہ انہوں نے جس طرحدار حسینہ کا ذکر ولی عہد بہادر سے کر دیا تھا، اسے بڑے بھائی سے ملانے میں خدشہ محسوس ہونے لگا تھا لیکن جب ولی بہادر کا اصرار حد سے زیادہ بڑھا تو مجبوراً انہوں نے ایک محفل خاص کا اہتمام کیا۔ قصرِ خاقان کو دلہن کی طرح سجایا گیا۔ طرح طرح کے پھولوں کی خوشبو سے گرد و پیش کی فضا مہک رہی تھی، جا بجا نامور بادشاہوں کی بڑی بڑی تصویریں آویزاں کر دی گئیں تھیں، سرخ باناتات کا نفیس ترین فرش بچھا ہوا تھا۔ جگہ جگہ قدِ آدم آئینے کھڑے کر دیے گئے تھے۔ معزز مہمانوں کے گلوں میں بیش قیمت موتیوں کے ہار پڑے ہوئے تھے اور بازوؤں میں قیمتی نورتن بندھے ہوئے تھے۔ ولی عہد بہادر اپنی پریوں کی جھرمٹ میں بیٹھے مرزا اسکندر اور ان کی محبوبۂ دلنواز کا انتظار کر رہے تھے۔ اچانک مہمانوں کی نظریں ایک طرف اٹھ گئیں۔ ولی عہد بہادر بھی اُدھر ہی دیکھنے لگے مرزا اسکندر ایک عورت کو ساتھ لئے چلے آ رہے تھے۔ عورت کا رنگ کندن کی طرح دمک رہا تھا۔ متکبرانہ ناز و ادا سے دلوں کو کچلتی محفل میں داخل ہوئی اودے اطلس کا پاجامہ اور اس پر سرخ رنگ کی سارنگی پشواز پہنے اپنے سازندوں سے ہنسی مذاق کرتی چلی آ رہی تھی۔ ولی عہد بہادر کا دل زور زور سے دھڑکنے لگا۔

جب وہ قریب آ گئی تو وہ ولی عہد بہادر اٹھ کر کھڑے ہو گئے اور غصے میں فرمایا "یہ کیا مذاق ہے!"

مرزا اسکندر آگے بڑھے اور ادب سے عرض کیا۔ "کوئی غلطی سرزد ہو گئی ہے ہم میں کسی سے؟"

ولی عہد بہادر نے بے زاری سے سوال کیا۔ "یہ عورت کون ہے؟"

مرزا اسکندر نے جواب دیا۔ "وزیرن؟ کوئی خاص بات؟"

وزیرن کی نظر بھی ولی عہد بہادر پر پڑ گئی وہ کچھ سہم سی گئی۔

ولی عہد بہادر نے گرم ہو کے کہا۔ "اسے وزیرن کون کہتا ہے؟"

مرزا اسکندر نے جواب دیا۔ "سبھی وزیرن کہتے ہیں، یہ خود بھی اپنے تئیں وزیرن کہلاتی ہے!"

ولی عہد بہادر کا سَر گھومنے لگا، دونوں ہاتھوں سے پکڑ کے بیٹھ گئے۔ بولے۔ "مرزا سکندر کیا یہی تمہاری وہ بے مثل محبوبہ ہے جس سے تم ہمیں ملانا چاہتے تھے؟"

مرزا سکندر نے جواب دیا۔ "جی ہاں، یہی وہ دُرِ بے بہا ہے جس کا ہم نے آپ سے ذکر کیا تھا!"

ولی عہد بہادر نے شکستہ آواز میں کہا۔ "تم اسے کب سے جانتے ہو؟"

مرزا سکندر نے جواب دیا۔ "تقریباً ایک سال سے!"

"اس نے کبھی تم پر اظہارِ عشق کیا؟"

"بارہا!" مرزا سکندر نے جواب دیا۔ "نہ صرف زبانی بلکہ تحریری بھی، ہمارے پاس اس کے بہت سارے محبت نامے موجود ہیں لیکن آپ یہ سارے سوالات کیوں کر رہے ہیں؟"

ولی عہد بہادر کی آنکھیں ڈبڈبا گئیں، بولے۔ "مرزا سکندر! اس کا نام وزیرن نہیں ننھی جان ہے اور یہ گذشتہ کئی ماہ سے ہم سے بھی اظہارِ عشق کر رہی ہے، اس کے ہمارے پاس بھی خطوط موجود ہیں!"

مرزا سکندر نے کہا۔ "پھر یہ تو بڑی مشکل ہوئی، ہم دونوں اس بات کا فیصلہ کس طرح کریں کہ اسے کس کے پاس رہنا چاہیے!"

مرزا سکندر یہ کہہ کر جانے لگے لیکن ولی عہد بہادر نے انہیں روک لیا، بولے "ایسی باتیں ابھی نہ کی جائیں تو اچھا ہے، وزیرن تمہارے آنے جانے کا جائزہ لے رہی ہے!"

مرزا سکندر نے کہا۔ "ہم اس کے بارے میں خاصے پریشان ہو گئے ہیں!"

مرزا سکندر کو اس سے عشق تھا اور اس انکشاف نے انہیں فکرمند کر دیا، اُن میں اتنی ہمت نہیں تھی کہ بڑے بھائی اور ولی عہد بہادر کی محبوبہ سے بدستور تعلقات قائم رکھیں۔

ولی عہد بہادر شاید اس محفل کو درہم برہم کر دیتے لیکن بہت سارے معززین اور حاضرینِ محفل کی موجودگی میں وہ ایسا پر جوش اور سبک قدم نہیں اٹھانا چاہتے تھے۔ انہیں وہ ننھی جان یاد آ رہی تھی جس نے بلوچ پورے سے محل سَرا تک میل ڈیڑھ میل کا فاصلہ ننگے پاؤں پیدل بحالتِ بخار طے کیا تھا جس نے اپنی ماں کے مقابل ولی عہد بہادر کو ترجیح دی تھی۔ انہیں یقین نہ آتا تھا کہ اس نے مرزا سکندر سے کس طرح عشق لڑایا۔ انہیں خیال گزرا شاید مرزا سکندر نشے میں ایسی باتیں کر رہے ہیں۔ انہوں نے مرزا سکندر سے پوچھا۔ "اس کے محبت نامے کہاں ہیں؟"

"یہیں خاقان محل میں!" مرزا سکندر نے جواب دیا۔

"کیا ہم انہیں ملاحظہ کر سکتے ہیں؟"

"بشوق، جب بھی مزاجِ عالی ادھر راغب ہو!"

"ہم انہیں اسی وقت دیکھنا چاہتے ہیں!"

مرزا اسکندر نے پوچھا: "یہیں اسی جگہ یا اندر کسی اور جگہ؟"

ولی عہد بہادر نے جواب دیا: "اندر، ہم دردِ سر کا بہانہ کر کے اندر چلتے ہیں حاضرینِ مجلس اسی طرح اپنی اپنی جگہوں پر موجود رہیں اور خدامِ محفل کو حکم دیا جائے کہ ننھی جان اور اس کے سازندے یہیں موجود رہیں، اپنی جگہ سے ہلنے بھی نہ پائیں!"

ولی عہد بہادر کے احکام کی فی الفور تعمیل ہوئی۔ ننھی جان کا ماتھا پہلے ہی ٹھنکا تھا لیکن بڑے حوصلے کی عورت تھی نہایت شان سے ولی عہد بہادر اور مرزا اسکندر کی سرگوشیاں برداشت کرتی رہی۔

مرزا اسکندر نے ولی عہد بہادر کو اندر لے جا کے وزیرن کے محبت نامے ان کے سامنے رکھ دیے، ولی عہد بہادر انہیں الٹ پلٹ کے کہیں کہیں سے ملاحظہ فرماتے رہے، اسوقت ان کا عجیب عالم تھا۔ چہرے پر ایک رنگ آتا تھا ایک جاتا تھا۔ جب وہ خطوط کے ملاحظے سے فارغ ہو چکے تو مرزا اسکندر نے کچھ کہنے کے لئے منہ کھولا مگر بڑے بھائی کو کسی فکر میں ڈوبا دیکھ کر بس منہ کھول کر رہ گئے، کچھ دیر بعد ولی عہد بہادر ہوش میں آئے اور مرزا اسکندر سے غمزدہ آواز میں پوچھا: "کیا تمہیں ننھی جان سے عشق ہے؟"

مرزا اسکندر نے آہستہ سے جواب دیا: "جی ہاں، ہم اس پر بڑی دولت قربان کر چکے ہیں اور اس کا خیال دل سے نہیں نکلتا۔"

ولی عہد بہادر نے آہستہ سے کہا: "اچھا تو بات یہاں تک پہنچ چکی ہے!"

پھر خاموشی طاری ہو گئی، اس سے ترکِ تعلق پر دونوں میں سے ایک بھی آمادہ نہ تھا۔

مرزا اسکندر نے کہا: "اب ہمیں باہر محفل میں پہنچ جانا چاہیے، حاضرین بے کیفی کے شکار ہو رہے ہوں گے!"

ولی عہد بہادر نے جواب دیا: "لیکن ہم اس وقت تک وہاں نہیں جائیں گے جب تک ننھی جان کی بابت ہم دونوں میں کوئی تصفیہ نہیں ہو جاتا!"

"بہتر ہے!" مرزا اسکندر نے آہستہ سے کہا۔

ولی عہد بہادر نے سوال کیا: "ننھی جان کی محبت کے بارے میں تمہارا اپنا کیا خیال ہے؟ کیا تمہیں یہ یقین ہے کہ وہ بھی تم سے اتنی ہی محبت کرتی ہے جتنا تم اسے چاہتے ہو؟"

مرزا سکندر نے جواب دیا۔" اس نے پیار محبت کی باتوں اور محبت ناموں میں جس شدید محبت کا اظہار کیا ہے اس سے تو یہی معلوم ہوتا ہے کہ وہ ہمیں بے حد چاہتی ہے !"

ولی عہد بہادر نے کہا۔" اسے چاہتے تو ہم بھی ہیں اور وہ ہم سے بھی اتنی ہی شدید محبت کا اظہار کرتی رہی ہے اس الجھن کے معاملے میں ہم نے ایک تدبیر سوچی ہے ہمارا خیال ہے کہ اس معاملے میں قرعہ اندازی سے کام لیا جائے۔ ننھی جان جس کو مل جائے اپنے تئیں خوش قسمت تصور کرے !"

مرزا سکندر نے پوچھا۔" یہ قرعہ اندازی کس طرح ہو گی ؟"

ولی عہد بہادر نے جواب دیا۔"ہم دونوں ہی محفل میں واپس چلتے ہیں وہاں شرفا اور معززین کی کثیر تعداد ہے یہ قرعہ اندازی ان سب کے سامنے ہو گی۔ تم ننھی جان سے مل کر ہمارے اس فیصلے سے اسے مطلع کر دو، اس سے اشارتاً کہہ دو کہ اب یہ دوغلا کھیل نہیں چلے گا تمہیں ان شرفا کی موجودگی میں اپنا آخری فیصلہ سُنا دینا پڑے گا وہ رقص کے دوران آگے بڑھ کر ہم دونوں میں سے جس کا بھی ہاتھ پکڑ لے، ننھی جان اس کی محبوبہ سمجھی جائے گی !"

مرزا سکندر نے مجوزہ منصوبے میں ذرا سی ترمیم کی، کہا۔" ہمارے خیال میں اس کا ہم دونوں میں سے کسی کا ہاتھ پکڑ لینا ہی کافی نہیں ہے بلکہ اسے واشگاف لفظوں میں ہاتھ پکڑ کے یہ اعلان بھی کرنا پڑے گا کہ اس کا دوسرے امیدوار سے کوئی تعلق نہیں !"

ولی عہد بہادر نے کہا۔" تم بھی صحیح کہتے ہو، ہمیں یہ ترمیم منظور ہے !"

مرزا سکندر نے کھڑے ہوتے ہوئے کہا۔" اچھا پھر بسم اللہ، چلیے باہر چلتے ہیں!"

ولی عہد بہادر اٹھ کھڑے ہوئے، کہا۔" چلو، چلتے ہیں !"

جب یہ دونوں دوبارہ محفل میں داخل ہوئے تو حاضرین اور خواتین کی نظریں ان دونوں کے فکر مند چہروں پر گڑ گئیں۔

بالکل خلافِ توقع مرزا سکندر نے وہ بات جو ننھی جان کے کان میں کہنی تھی، باآوازِ بلند شرکائے محفل کے گوش گزار کر دی، انہوں نے لوگوں کو مخاطب کرتے ہوئے کہا۔" حاضرینِ محفل و جانانِ محفل ! یہ عجیب اتفاق کی بات ہے کہ بی وزیرن جو اس وقت جانِ محفل ہیں ایسی شے قرار پا گئی ہیں جنہیں ہم اور ولی عہد بہادر یکساں چاہتے ہیں، اخلاقاً یہ بات بہت معیوب ہے اس لئے ہم دونوں نہایت غور و فکر کے بعد اس نتیجے پر پہنچے ہیں کہ وزیرن سے تعلق ایک ہی بھائی کو رکھنا چاہیے اور یہ طے پایا کہ اس کا فیصلہ خود وزیرن کریں گی کہ انہیں کس کے پاس رہنا ہے، ہمارے پاس یا ولی عہد بہادر کے پاس، وہ اپنا یہ فیصلہ اس طرح سنائیں گی کہ وہ

جس کا انتخاب کریں گی اس فیصلے کے بعد دوسرا فریق وزیرن سے دستبردار ہو جائے گا!"

حاضرینِ محفل نے جوش و خروش میں تالیاں بجائیں اور وزیرن نے رقص کی تیاری شروع کردی۔

مرزا اسکندر اپنے بڑے بھائی ولی عہد بہادر کے پاس ہی آ بیٹھے۔

⁂

ننھی جان نے رقص شروع کیا رقص کے آغاز میں تو وہ کچھ بجھی بجھی اُداس اُداس رہی لیکن پھر بتدریج انہماک اور جوش بڑھتا گیا۔ اور وہ مورنی کی طرح مست اور بے خود ہو کر اپنے فن میں کھو گئی حاضرین اور خواتین خوشی میں اچھل اچھل پڑتے، کبھی وہ تھرکتی بل کھاتی مرزا سکندر کی طرف جاتی اور ولی عہد کا دل کسی اندیشے سے زور زور سے دھڑکنے لگتا اور مرزا اسکندر کا چہرہ کسی اندرونی خوشی سے دمکنے لگتا اور جب ننھی جان مرزا اسکندر کے سامنے سے یوں ہی گزر جاتی تو وہ ایک دم کھو جاتا اہل محفل تجسس میں اپنی سانسیں روکے فیصلے کے منتظر تھے۔ ننھی جان بھی ان کے تجسس اور مرزا اسکندر اور ولی عہد بہادر کی امید و بیم کی کیفیت سے خوب لطف اندوز ہو رہی تھی۔ اس طرح ایک بار ناچتی ہوئی وہ ولی عہد بہادر کے قریب پہنچ گئی اور دوزانو بیٹھ کے ناگن کی طرح یوں جھومی کہ لوگوں کو یقین ہو گیا کہ ولی عہد بہادر کا ہاتھ پکڑنے ہی والی ہے لیکن یکایک وہ تھرکتی ہوئی کھڑی ہو کر دور چلی گئی۔ ہجوم خوشی سے جھومنے لگا اور ایک عجیب سا شور بلند ہوا۔ مرد اور خواتین آپس میں شرطیں لگا رہے تھے۔ کچھ کہتے وہ مرزا اسکندر کا ہاتھ پکڑے گی اور کچھ کو یقین تھا وہ ولی عہد بہادر کا انتخاب کرے گی اور خود دونوں کا یہ حال تھا کہ کسی کو بھی اپنی ذات پر اعتماد نہ رہا تھا۔

جب لوگ ننھی جان کی طرف سے بالکل مایوس ہو گئے تو انہیں یہ شبہ ہو چلا کہ ننھی جان اتنی بے وقوف نہیں ہے کہ ان دونوں میں سے ایک کو دوست اور دوسرے کو دشمن بنالے وہ یہ اعلان سننا چاہتے تھے کہ ننھی جان رقص سے فارغ ہو کر اپنا یہ فیصلہ سنا دے گی کہ "افسوس وہ دونوں ہی کو پسند کرتی ہے اور کسی ایک کے حق میں فیصلہ نہیں دے سکتی!"

پلک جھپکتے میں اہل محفل نے دیکھا کہ اس نے ولی عہد بہادر کا ہاتھ پکڑ لیا ہے اور باآواز بلند حاضرین کو اپنا فیصلہ سنا رہی ہے: "میرے مطلوب اور محبوب ولی عہد بہادر ہیں اور میں مرزا اسکندر نام کے کسی مرد سے واقف تک نہیں!"

پورا مجمع قہقہہ مار کے ہنس دیا۔ مرزا اسکندر غصّے میں اُٹھ کھڑے ہوئے اور غصّے اور بے بسی کی ملی جلی کیفیات میں ننھی جان کی طرف دیکھا اور کچھ کہے بغیر کسی مست شرابی کی طرح

لڑکھڑاتے ہوئے محفل سے چلے گئے۔ ولی عہد بہادر کے مصاحبین اور خوشامدین نے ناچنا شروع کر دیا لیکن ولی عہد بہادر نے یہ کہہ کر محفل برخاست کر دی کہ" اب چونکہ معرکہ سَر کیا جا چکا ہے اس لئے محفل برخاست کی جاتی ہے!"

ولی عہد بہادر ننھی جان کو ہمراہ لے کر اپنے پری خانہ میں چلے گئے۔

علی نقی خاں جو ولی عہد بہادر کے چچا بھی تھے اور خسر بھی، انہوں نے حضور باغ کی تزئین و آرائش خود اپنی نگرانی میں کرائی تھی، حضور باغ میں ولی عہد بہادر کا انتظار کر رہے تھے علی نقی نے ننھی جان کے معرکے میں سرخروئی کا حال سن کر ولی عہد بہادر کو مبارکباد دی، ان کی چاند پر بال بہت کم تھے۔ ولی عہد بہادر نے علی نقی کے مبارکباد کا شکریہ ادا کرتے ہوئے کہا۔" نواب صاحب! آپ کے سَر پر بال بہت کم ہے، ایسا کیوں ہے؟"

نواب علی نقی نے جواب دیا۔" حضور والا کا علم اس ناچیز سے فزوں تر ہے اس کا سبب حضور خود ہی ارشاد فرمادیں!"

ولی عہد بہادر نے کہا۔" ہم نے تو یہ سُنا ہے کہ ایسے لوگ بڑی ترقی کرتے ہیں اور عہدہ وزارت تک پہنچ جاتے ہیں!"

نواب علی نقی نے کہا۔" حضور کے تصدق میں ایسا بھی ہو سکتا ہے غلام مایوس نہیں ہے!"

ولی عہد بہادر نے وعدہ کیا۔" ہم اودھ کا تاج و تخت سنبھالتے ہی اگر جناب امیر نے کہا تو آپ کو وزیر بنادیں گے!"

نواب علی نقی نے اس کا پیشگی شکریہ ادا کیا۔

کچھ عرصے کے بعد ولی عہد بہادر کو مطلع کیا گیا کہ بادشاہ کی حالت خراب ہوتی جارہی ہے اور وہ شاید چند دن کے مہمان ہیں۔

ایک دن طلوعِ آفتاب سے پہلے ریزیڈنٹ کا سپاہی آیا اور اس نے بادشاہ کی موت کی خبر سُناتے ہوئے کہا۔" صاحب نے فرمایا ہے کہ آپ جس حال میں بھی ہوں فوراً تشریف لے آئیں!"

بادشاہ کی موت نے کہرام برپا کر دیا ہر طرف سے نالہ و بین کی آوازیں آنے لگیں، ولی عہد بہادر بھی رونے لگے اور اسی حالت میں نقرئی بوچے پر سوار ہو کے گلستانِ ارم پہنچ گئے زمانہ ساز مصاحبین نے بوچے کو چاروں طرف سے گھیر لیا۔ انگریز ریزیڈنٹ انہیں اسی وقت گلستانِ ارم کی بالائی منزل پر لے گیا جہاں ولی عہد بہادر کی رسم تاج پوشی ادا ہونا تھی

مجتہد العصر والزماں نے ولی عہد بہادر کے سر پر تاج رکھا اور ولی عہد بہادر نے تخت پر قدم رکھے۔ حاضرین ارکان سلطنت اور عمائدین مملکت نے نذریں گزاریں اور مبارکبادیں پیش کیں اور خوشی میں توپیں چھوڑی گئیں، ولی عہد بہادر تھوڑی دیر تک تخت پر تشریف فرما رہے اس کے بعد اٹھ کھڑے ہوئے۔ اب ولی عہد بہادر بادشاہ ہو چکے تھے اور ابو المظفر ناصر الدین سکندر جاہ بادشاہ عادل قیصر زماں سلطانِ عالم واجد علی شاہ بادشاہ کے لقب سے اپنی حکمرانی کا آغاز کیا۔ بادشاہ شاعر بھی تھے اور اختر تخلص کرتے تھے۔ لوگ انہیں پیارے جانِ عالم بھی کہتے تھے گلستانِ ارم میں بادشاہ کا یہ پہلا منحوس دن تھا کہ وہ اپنی عورتوں سے نہیں مل سکتے تھے، طبیعت اتنی کمزور تھی کہ باپ کی یاد میں آنسو بہے چلے جا رہے تھے۔ ملنے والے اور مصاحبین صبر کی تلقین کرتے لیکن کہیں محض تلقین کر دینے سے کسی شخص کو صبر آیا ہے پھر جانِ عالم پیا کو کس طرح آجاتا۔

جان عالم کی خدمت میں انگریز ریذیڈنٹ وزیر امین الدولہ کے ساتھ پہنچا اور واجد علی شاہ سے دریافت کیا۔ "آپ وزارت کے منصب پر کسے فائز کرنا پسند فرمائیں گے؟"

بادشاہ نے ریزیڈنٹ سے دو قدم پیچھے کھڑے ہوئے امین الدولہ کی طرف دیکھا اور کہا "کیا امین الدولہ بہادر وزارت کے منصب سے خوش نہیں ہیں! ہمارے خیال میں امین الدولہ بہادر ہی کے ہاتھ میں انتظام وزارت رہنا بہتر ہے!"

امین الدولہ نے کانوں پر ہاتھ رکھے اور کہا۔ "شکریہ حضور والا! لیکن ہماری گزارش پر بھی تو غور فرمائیں، یہ ہمارا ذاتی تجربہ بھی ہے اور علم بھی کہ باپ کے زمانے کا ملازم بیٹے کے دور میں زیادہ سودمند نہیں ثابت ہوتا اسی لئے خاکسار یہ چاہتا ہے کہ اس سے یہ منصب لے لیا جائے اور ناچیز کو سبکدوش کر دیا جائے!"

واجد علی شاہ یہ منصب دل سے نواب علی نقی کو مرحمت فرمانا چاہتے تھے اور اس کا وعدہ بھی کر چکے تھے لیکن جب انہوں نے ریزیڈنٹ کا جھکا ؤ امین الدولہ کی طرف دیکھا تو پیچھے ہٹ گئے اور کہا۔ "نہیں جناب! ہم آپ کی یہ بات نہیں مانیں گے آپ بدستور منصب وزارت پر فائز رہیں گے آپ فکر نہ کریں!"

واجد علی شاہ نے دورانِ ولی عہد بہادر اس نوع کی مشقت کبھی بھی نہ جھیلی تھی، ان کی بیگمات اور خواتین ان سے دور تھیں اور بادشاہ ان کی کمی اتنی شدت سے محسوس کر رہے تھے کہ لفظوں میں اس کا اظہار نہ کر سکتے تھے۔ بادشاہ رسوم تاجپوشی اور تخت نشینی سے اتنے تھک گئے کہ فوراً گلستانِ ارم کی بارہ دری کے پیچھے والی عمارت میں آرام کرنے کی غرض سے

چلے گئے۔ بیگمات کی عدم موجودگی میں رات کا گذرنا چونکہ بہت دشوار تھا اس لئے واجد علی شاہ نے معتمد علی خاں کو اپنی بیگمات اور پریوں کے پاس اس غرض سے روانہ کر دیا کہ وہ ان سب سے ایک ایک انگوٹھی لے آئیں، بادشاہ کے حکم کی پوری پوری تعمیل ہوئی۔

وہ کافی رات تک مسہری پر پڑے کروٹیں بدلتے رہے نیند کوسوں دور تھی، اس وقت انہیں ننھی جان یاد آرہی تھی، پری خانم کی یاد ستا رہی تھی، دوسری عورتیں یاد آرہی تھیں، آخرانہوں نے اپنی بیگمات اور پریوں کی انگوٹھیوں کا ہار بنوایا اور اسے گلے میں ڈال کر مسہری پر دراز ہوگئے۔ سینے پر انگوٹھیوں کے ہار نے انہیں ایک عجیب سی لذت بخشی اور وہ ذرا دیر بعد سو گئے۔

دوسرے دن بادشاہ نے اپنے مصاحبین اور کارگزاران مملکت کو خطابات عطا فرمائے غلام رضا خاں اور قطب علی خاں ستار نواز بھی خطابات سے محروم نہ رہے۔ غلام رضا خاں کو خطاب ملا، رضی الدولہ مرضی الملک غلام رضا خاں بہادر ہزبر جنگ، قطب علی خاں کو غلام ید اللہ خاں قطب الدولہ مفتاح الملک موفین دلپذیر کا خطاب ملا۔

⁂

بادشاہ نے بیگمات اور پریوں کو بھی نت نئے خطابات سے سرفراز کیا۔ تخت نشینی کے بعد جو سب سے بڑی مصیبت پیش آئی وہ یہ تھی کہ بادشاہ کو ان عورتوں سے آزادانہ ملنے اور لطف اندوز ہونے میں دشواریاں پیش آنے لگیں، جو عورتیں ولی عہد بہادر کی خدمت میں ہر وقت حاضر رہ سکتی تھیں اب وہ پردے میں بٹھا دی گئی تھیں اور جس جگہ وہ پردے میں رہ رہی تھیں وہ گلستانِ ارم سے دور تھی نہ بادشاہ ان کے پاس پہنچ سکتے تھے اور نہ عورتیں ان کے پاس آسکتی تھیں۔

واجد علی شاہ کو تخت نشیں ہوئے دو ماہ گزر چکے تھے۔ ضبط و احتیاط اور مرتبے کے پاس کی وجہ سے محلات اور بیگمات سے دور رہ رہے تھے۔ جب ان کی مفارقت ناقابل برداشت ہوگئی تو بادشاہ کو خفقان رہنے لگا۔ انہوں نے دلبستگی کے لئے سولہ طوائفیں رکھ لیں، یہ ناچ گانے میں یکتا تھیں، ان میں دو بادشاہ کو بہت پسند آئیں، ان میں سے ایک کا نام چھٹن تھا اور دوسری کا نام حسن باندی، واجد علی شاہ جانِ عالم ان دونوں پر اتنے وارفتہ و شیدا ہوئے کہ چھٹن کو معشوق السلطان خسرو بیگم اور حسن باندی کو ممتاز عالم عاشق السلطان قیصر بیگم کے خطاب سے سرفراز کیا اور ہر ایک کا دو دو ہزار روپے ماہانہ مقرر ہوا۔ ان دونوں میں جانِ عالم واجد علی شاہ کو قیصر بیگم سے والہانہ عشق ہوا تھا، ایک ساتھ کھانا، ایک ہی جگہ سونا، ایک ساتھ اٹھنا، گھنٹوں آمنے سامنے بیٹھ کر پیار و محبت کی باتیں کرنا غرضیکہ

قیصر بیگم کی جدائی ایک لمحے کو بھی گوارا نہ تھی۔ اس دوران پری خانم اور ننھی جان کی طرف سے بادشاہ کو یکے بعد دیگرے یہ پیغام موصول ہوئے کہ اگر بادشاہ نے انہیں کچھ دن اور محروم اور مایوس رکھا تو وہ کسی دن موقع پا کے بادشاہ کی بگھی کے نیچے کچل کر اپنی جان دے دیں گی بادشاہ نے انہیں تسلی آمیز جواب بھیجد یا کہ کچھ دن اور صبر کرو۔ ملاقات اور ایک ساتھ قیامت کی کوئی نہ کوئی صورت بہت جلد پیدا کی جائے گا۔

غلام رضا خاں اور قطب علی خاں اب بھی بادشاہ کے اردگرد منڈلا رہے تھے۔ چھوٹے بھائی مرزا سکندر اپنی زبان سے تو کچھ نہ کہتے لیکن نظریں چرائے رہتے جس سے صاف پتہ چلتا تھا کہ ان کے دل کا زخم ابھی تک ہرا ہے۔

امین الدولہ منصب وزارت پر فائز تھے اور انہیں ریزیڈنٹ بہادر کی تائید بھی حاصل تھی لیکن واجد علی شاہ یہ منصب علی نقی خاں کو سونپنا چاہتے تھے۔ اسی دوران بادشاہ کو یہ افسوسناک خبر موصول ہوئی کہ حضور باغ اور پری خانے کی محلات اور بیگمات پردے سے باہر نکلنے پر مصر ہیں اور ناچ گانے کی اجازت طلب کر رہی ہیں، بادشاہ انہیں یہ اجازت کس طرح دے سکتے تھے، اب وہ ولی عہد بہادر کے بجائے ایک بادشاہ کی عزت آبرو تھیں بادشاہ نے انہیں ایسا کرنے سے سختی سے منع کیا لیکن معلوم ہوا کہ وہ سرکشی پر مائل ہیں۔

بادشاہ نے عصر سے پہلے بگھی تیار کرائی، ساتھ قیصر بیگم کو بٹھایا اور حضور باغ روانہ ہو گئے بیگمات اور محلات نے بادشاہ کا سرد مہری سے استقبال کیا۔ ان میں اکثر منہ پھلائے ہوئے تھیں اور بادشاہ سے بات تک نہیں کرنا چاہتی تھیں۔ قیصر بیگم کو ساتھ دیکھ کر حسد اور رقابت کا اظہار کیا۔

یہیں ننھی جان اور پری خانم سے بھی ملاقات ہوئی۔ ننھی جان نے شکایتاً کہا۔ "جانِ عالم! کیا بندی نے اس دن کے لئے اہل دنیا سے منہ موڑا تھا کہ حضور نے بھی آنکھیں پھیر لیں!"

بادشاہ نے کہا۔ "ننھی جان! تم معاملہ سمجھنے کی کوشش کرو۔ اب ہم بادشاہ ہیں، تم گھبراؤ نہیں ہم تمہیں بہت جلد اپنے پاس بلا لیں گے!"

ننھی جان نے بے زاری اور غصے سے کہا۔ "بس حضور والا! اب میں زیادہ برداشت نہیں کر سکتی۔ ایک نظر آپ کو دیکھ لینے کی خواہش رکھتی تھی سو پوری ہو گئی بندی تو زندگی سے منہ موڑ کے چلی عالم بالا کی طرف!"

یہ کہا اور ہیرے کی کنی منہ میں رکھ لی، بادشاہ نے لپک کے منہ دبایا اور بدقت تمام

ہیرے کی کنی نکالنے میں کامیاب ہو گئے۔ بے اختیار فرط جوش میں ننھی جان کو آغوش میں لے کر پیار کرنے لگے فرمایا: "ہمیں تو تمہاری بے لوث محبت کا پہلے ہی سے یقین ہے تم ذرا بھی فکر نہ کرو، چند دنوں کی بات ہے ہم تمہیں عنقریب بلالیں گے اپنے پاس!"

ننھی جان، بادشاہ کے سینے پر سر رکھ کر آنسو بہانے لگی، پری خانم ذرا دور کھڑی یہ منظر دیکھ رہی تھی منہ پر تو کچھ بھی نہ بولی لیکن چہرے سے اندرونی جذباتی کش مکش صاف ظاہر ہو رہی تھی وہ کچھ دیر اسی طرح کھڑی دیکھتی رہی پھر منہ کو آنچل میں چھپا کر ایک طرف چلی گئی۔ شاید وہ رو رہی تھی، بادشاہ ننھی جان کی دل جوئی میں ایسے لگے کہ پری خانم کا خیال ہی نہ رہا۔

کافی دیر کے بعد شام کے جھٹپٹے میں جب بادشاہ قیصر بیگم کے ساتھ حضور باغ سے گلستان ارم واپس ہوئے تو راستے میں ایک جگہ کوچوان نے گھوڑوں کی راسیں ایکدم اس طرح کھینچیں کہ چار گھوڑوں میں دو اگلے گھوڑے گرتے گرتے بچے اور پچھلے دونوں گھوڑے اپنی اگلی دونوں ٹانگوں پر رکوع میں چلے گئے بادشاہ "یا اللہ خیر یا اللہ خیر" کہتے ہوئے قیصر بیگم کی گود میں گر گئے اور قیصر بیگم بادشاہ کے بوجھ میں دب سی گئیں۔

کوچوان نیچے اُتر چکا تھا وہ ایک عورت کو پکڑ کے بادشاہ کے پردے کے پاس لے آیا اور بآواز بلند عرض کیا۔

"بندہ پرور، یہ ایک عورت ہے معلوم نہیں کیوں بگھی کے نیچے کچل کر جان دے دینا چاہتی ہے لیکن غلام نے اسے بچا لیا۔"

بادشاہ نے سنبھل کر پردے کو ذرا ہٹا کر دیکھا کوچوان پری خانم کو لئے کھڑا ہے!

بادشاہ نے بے ساختہ کہا: "ارے پری خانم یہ تم!"

پری خانم نے بھرائی آواز میں کہا: "حضور مجھے اپنی گاڑی کے نیچے کچل جانے دیں بس یہی میری آخری تمنا ہے!"

بادشاہ سر راہ تو باتیں کر نہیں سکتے تھے، پری خانم کو بھی اپنے ساتھ ہی بٹھا لیا محل میں پہنچ کے انہوں نے پری خانم کو روبرو بٹھا کر سوالات کی بوچھاڑ کر دی۔ قیصر بیگم کو پری خانم سے حسد پیدا ہو گیا۔

بادشاہ نے پوچھا: "پری خانم! تم نے ایسا کیوں کیا؟"

پری خانم نے روتے ہوئے جواب دیا: "میں نے حضور کی خاطر شوہر سے طلاق

حاصل کی اور حضور ہی نے مجھے نظر انداز کر دیا۔ بندی تو بادشاہ کے عشق میں دیوانی ہوئی جا رہی ہے اور بادشاہ سلامت چرب زبان ہرجائیوں کے عشق کاذب پر صداقت کا گمان کر رہے ہیں، ایک ایسی عورت جو بادشاہ کے چھوٹے بھائی سے بھی عشق کرے اور بادشاہ سلامت کو بھی چاہے کس طرح اپنی محبت کے دعوے میں پکی ہو سکتی ہے۔"

بادشاہ سلامت نے کہا: "ہمیں تمہاری محبت کا ہمیشہ یقین رہا تم نے یہ کس طرح سمجھ لیا کہ ہم تمہیں نظر انداز کر رہے ہیں؟"

پری خانم نے کہا۔ "جب ننھی جان اداکاری کر رہی تھی، بندی بھی وہیں موجود تھی بادشاہ سلامت اس کی دل جوئی فرماتے رہے اور بندی کے لئے اپنی زبان سے ایک لفظ بھی ارشاد نہ فرمایا!"

بادشاہ نے موم ہو کے کہا: "اچھا، اب تم یہیں ہمارے ساتھ رہو گی، اب خوش ہو جاؤ!"
پری خانم فرطِ خوشی میں بادشاہ سے چمٹ گئی اور بوسوں کی بھرمار کر دی!

✤

دن آرام و عیش میں گزر رہے تھے، ناچ دیکھنا، گانا سننا، دل پسند عورتوں سے اختلاط اور ان کی دل جوئی کرنا، خالی اوقات میں شاعری کرنا یا کچھ اور لکھنا بادشاہ کے یہی مشاغل تھے لیکن ایک دن بادشاہ کو ایسی افسوسناک خبر سننے کو ملی کہ ان کی سوچنے سمجھنے اور عمل کرنے کی ساری صلاحیتیں بے کار ہو گئیں۔

چند آدمیوں نے گولہ گنج سے آ کے خبر دی کہ "وزیر امین الدولہ جب اپنی بگھی پر گولہ گنج سے گزر رہے تھے تو دن دہاڑے بیچ سڑک پر چار پانچ بدمعاشوں نے انہیں روک لیا اور بگھی سے نیچے اُتار کر سڑک پر گرا دیا۔ اب وہ کہتے ہیں کہ اگر بادشاہ کو اپنے وزیر کی جان عزیز ہے تو وہ اس کے عوض پچھتر ہزار روپے روانہ فرما دیں وزیر کو چھوڑ دیا جائے گا ورنہ اسی وقت قتل کر دیا جائے گا!"

بادشاہ نے ہولتے ہوئے کہا: "غضب خدا کا یہ اندھیر، دن دہاڑے وزیرِ مملکتِ اودھ کو بیچ سڑک پر یوں بے دست و پا کر کے پچھتر ہزار روپے طلب کئے جائیں، بھئی کمال ہو گیا شہر کوتوال کہاں ہیں؟"

خبر لانے والوں میں سے ایک نے جواب دیا: "حضور وہ اپنے گھر میں ہوں گے!"
بادشاہ نے کہا: "کسی نے انہیں بھی مطلع کیا؟"
جواب ملا: "انہیں مطلع کرنے میں ڈر ہے کہ وزیر کو قتل کر دیا جائے گا کیونکہ بدمعاش

کوتوال کی مداخلت ہرگز پسند نہ کریں گے!"

بادشاہ نے وحشت زدہ لہجے میں کہا۔" پھر ہم کیا کر سکتے ہیں، جب شہر کوتوال کچھ نہیں کر سکتا تو پھر تمہی لوگ بتاؤ کہ ہم کیا کریں؟"

جواب دیا گیا۔" پچھتر ہزار روپے دے کر وزیر کو رہا کرا لیا جائے!"

"واہ کیا بات ہوئی!" بادشاہ نے کہا۔" گویا پچھتر ہزار روپے کوئی چیز ہی نہ ہوئے!"

ابھی یہ گفتگو جاری ہی تھی کہ خدّام نے مطلع کیا۔" ریزیڈنٹ بہادر اذن باریابی کے طلب گار ہیں!"

بادشاہ نے خوش ہو کے کہا۔" بخدا بڑے اچھے موقعے سے آئے، انہیں فوراً ہمارے پاس لاؤ، خردمندی میں ان فرنگیوں کا کوئی جواب نہیں ہمیں اطمینان ہے کہ ریزیڈنٹ بہادر کوئی نہ کوئی تدبیر وزیر کی رہائی کی نکال لیں گے!"

ریزیڈنٹ بہادر بادشاہ کے سامنے آئے تو بادشاہ نے کھڑے ہو کر ان کا استقبال کیا اور انہیں اپنے قریب بلایا۔ بادشاہ اس وقت کسی اور موضوع پر بات نہیں کرنا چاہتے تھے فوراً مضطرب لہجے میں وزیر کی یرغمالیت کا ذکر کیا۔ ریزیڈنٹ بہادر نہایت توجہ سے بادشاہ کی باتیں سنتے رہے پھر فرمایا۔" میں خود بھی اس سلسلے میں حاضر ہوا ہوں اور بادشاہ سے مشورہ کرنا چاہتا ہوں۔"

بادشاہ نے حیرت سے پوچھا۔" اچھا یعنی آپ کو بھی اس منحوس واقعے کی خبر ہو چکی ہے، واللہ کمال ہے، معجزہ ہے پھر جناب نے وزیر کی مخلصی کی بابت کیا سوچا؟"

ریزیڈنٹ نے جواب دیا۔" میں نے وزیر کی رہائی کے سلسلے میں بدمعاشوں کو پچھتر ہزار روپے روانہ کر دیے ہیں اور تھوڑی دیر بعد امین الدولہ یہاں حاضر ہونے والے ہیں!"

بادشاہ نے حیرت سے کہا۔" یعنی پچھتر ہزار روپے آپ نے بدمعاشوں کو بھجوا دیے؟"

ریزیڈنٹ نے جواب دیا۔" اس کے علاوہ دوسری کوئی صورت ہی نہ تھی وزیر کی مخلصی کی!"

بادشاہ نے افسوس سے کہا۔" یعنی جناب یہ تو حد ہو گئی بدمعاشی کی۔ واللہ ایسا تو کبھی بھی نہ ہوا تھا۔ یہ شہر کوتوال کیسا نااہل انسان ہے کہ اس کے عہد میں بدمعاش پورے شہر میں یوں دندناتے پھر رہے ہیں، ہمارا خیال ہے اسے معزول کر کے اس کی جگہ کسی لائق شخص کو اس منصب پر فائز کر دیا جائے!"

ریزیڈنٹ نے سرد مہری سے کہا۔" یہ آپ کا مسئلہ ہے میں کوئی مشورہ نہ دوں گا

میں تو حضور والا سے یہ کہنے آیا ہوں کہ مجھے گورنر جنرل نے کمپنی کی طرف سے یہ حکم دیا ہے کہ میں آپ کو ۱۸۰۱ء کا وہ معاہدہ یاد دلا دوں جس میں آپ کے جدّ اعلا نواب سعادت علی خاں نے کمپنی بہادر سے یہ وعدہ کیا تھا کہ وہ اودھ میں نظم و نسق کے لئے ایسے قواعد جاری کریں گے جو ان کی رعایا کی خوش حالی اور باشندگان کی سلامتی جان و مال کے موجب ہوں گے۔ کمپنی کے ریزیڈنٹ اور گورنر جنرل صاحبان اودھ کے ہر فرمانروا کو بوقت تخت نشینی اس معاہدے کی یاد دہانی کراتے رہے ہیں اس وقت میں بھی اسی سلسلے میں حاضر ہوا ہوں!"

کچھ دیر بعد وزیر امین الدولہ بھی تشریف لے آئے۔ بادشاہ نے ان پر لاپروائی اور بے احتیاطی کا الزام لگایا۔ کہا۔

"آپ اس حکومت کے وزیر ہیں اور یہاں کے حسن انتظام کا یہ عالم ہے کہ بدمعاشوں نے دن دہاڑے آپ ہی کو یرغمال بنا کے پچھتر ہزار روپے وصول کر لیے۔ بھئی کمال ہے کسی حکومت میں بھی تو ایسا ہوا نہ سُنا گیا ہے؟"

ریزیڈنٹ نے بے مروتی سے کہا۔ "حضور والا! اس بدانتظامی میں وزیر کے ساتھ ہی حضور کی لاپروائی کا بھی ہاتھ ہے!"

ریزیڈنٹ کی الزام تراشی پر بادشاہ دم بخود رہ گئے اور کچھ دیر بعد ریزیڈنٹ کو یہ کہہ کر رخصت کرنا چاہا کہ "بہتر ہے آپ کمپنی بہادر کو مطلع فرما دیں کہ یہاں کا نظم و نسق بہتر کر دیا جائے گا!"

ریزیڈنٹ نے کہا۔ "بہت بہتر، لیکن کمپنی بہادر اور گورنر جنرل بہت مایوس ہو چکے ہیں اور انہوں نے مجھے یہ اجازت بھی دی ہے کہ میں بادشاہ کو کمپنی کے آخری اور درجۂ مجبوری کے فیصلے اور افسوسناک اقدام سے بھی مطلع کر دوں!"

بادشاہ نے کمزور آواز میں دریافت کیا۔ "یعنی؟ کمپنی بہادر کا وہ آخری اقدام کیا ہوگا؟"

ریزیڈنٹ نے جواب دیا۔ "۱۸۳۷ء میں جب نصیر الدین حیدر مرحوم جنت کو سدھارے اور ان کی جگہ بادشاہ کے دادا نواب محمد علی نے اقتدار سنبھالا تھا تو کمپنی بہادر کی طرف سے گورنر جنرل نے ان سے بھی یہی معاہدہ کیا تھا کہ: اگر اودھ میں ظلم و ستم بدنظمی اور بے قاعدگی یوں ہی بڑھتی رہی تو ان حالات میں کمپنی بہادر اپنے اس حق کو محفوظ سمجھتی ہے کہ اس ملک کا نظم و نسق اپنے افسران کے سپرد کر دے، نواب محمد علی خاں نے اس معاہدہ پر دستخط بھی کر دیے

تھے!"

واجد علی شاہ نے ابھی کوئی جواب بھی نہ دیا تھا کہ امین الدولہ نے ریزیڈنٹ سے کہہ ڈالا"جناب والا! ابھی بادشاہ کو اقتدار سنبھالے ہوئے کتنے دن ہوئے ہیں۔ رفتہ رفتہ سارے حالات ٹھیک ہو جائیں گے ریزیڈنٹ بہادر کمپنی کو مطلع فرمادیں کہ وہ جیسا انتظام چاہتی ہے ویسا ہی کر دیا جائے گا!"

ریزیڈنٹ بہادر چلے گئے لیکن بادشاہ کے دل میں یہ شبہ پیدا ہو گیا کہ امین الدولہ اور ریزیڈنٹ آپس میں ملے ہوئے ہیں، انہوں نے اس اشتراک کو ختم کرنے کے لئے امین الدولہ کو منصب وزارت سے ہٹا دیا اور ان کی جگہ علی نقی خاں کو وزیر مقرر کیا۔ ریزیڈنٹ کو بادشاہ کا یہ اقدام پسند نہ آیا جس کا نتیجہ یہ نکلا کہ ریزیڈنٹ اور بادشاہ میں چل گئی۔

بادشاہ کو اپنے اقتدار بحال رکھنے کی فکر لگ گئی تھی، ریزیڈنٹ کی نوک جھونک سے کمپنی بہادر کے ارادوں کا کچھ کچھ اندازہ ہو رہا تھا۔ اندر بیگمات الگ تنگ کر رہی تھیں اور ان میں بعض کے بارے میں بڑی افسوسناک اور شرمناک خبریں موصول ہو رہی تھیں، بادشاہ کے مزاج میں چڑچڑا پن آ گیا اور وہ کسی حد تک زود رنج ہو گئے۔ بادشاہ نے قیصر بیگم کو منع کیا تھا کہ وہ اپنی ماں کو بلا کے محل میں نہ رکھیں لیکن وہ نہیں مانیں اور ماں کو بلا کے محل میں اپنے ساتھ ہی رکھ لیا۔ ننھی جان کی بابت کچھ مخبروں نے یہ خبر دی کہ وہ بادشاہ سے جو کچھ حاصل کرتی ہے اپنے گھر واپس جا کے یاروں پر خرچ کر دیتی ہے، پری خانم کے سلسلے میں یہ معلوم ہوا کہ ڈالی گنج میں اس کا بھی ایک عاشق ہے اور بادشاہ کی دولت ڈھل ڈھل کر اس کے پاس پہنچ رہی ہے۔ بادشاہ کو پے درپے جو صدمات اٹھانا پڑ رہے تھے ان سے وہ بہت دل برداشتہ ہو گئے تھے۔ اور وہ اپنی بیگمات کی وفاداریاں آزمانے کی فکر میں تھے۔ پھر پتہ چلا گورنر جنرل لارڈ ہارڈنگ کان پور میں تشریف فرما ہیں اور بادشاہ سے ملنا چاہتے ہیں، بادشاہ پورے اہتمام سے کانپور روانہ ہو گئے۔ لکھنؤ سے کان پور تک ایک میلہ سا لگ گیا۔ اس موقعے پر بھی بادشاہ نے کچھ ایسا انتظام رکھا کہ بیگمات اور محلات روزانہ بادشاہ کی مزاج پرسی کرایا کرتی تھیں لیکن ان میں چند ایسی بھی تھیں جنہوں نے بادشاہ کی کوئی پروا نہ کی۔

بادشاہ کان پور سے واپس آ کے دریائے گنگا کے کنارے فروکش ہو گئے، لارڈ ہارڈنگ بازدید کو ہاتھی پر سوار ہو کے گنگا کے اس پار آئے۔ ابھی ان کا ہاتھی پل پر ہی تھا کہ بادشاہ ہاتھی پر سوار ہو کے استقبال کو بڑھے اور بادشاہ نے گورنر جنرل کو بھی اپنے ہی ہاتھی پر بٹھا لیا اور اپنے

خیمے میں لے آئے، کچھ دیر دونوں میں باتیں ہوتی رہیں اس کے بعد گورنر جنرل کان پور واپس جانے لگے تو بادشاہ نے قیمتی موتیوں کا ہار ان کے گلے میں ڈال دیا اور قیمتی کپڑوں کی اکیاون کشتیاں پیش کیں، رخصت کرنے کے لئے خیمے سے باہر تک گورنر جنرل کے ساتھ گئے۔ گورنر جنرل نے بادشاہ سے وعدہ کیا کہ وہ چار روز بعد لکھنؤ آ رہے ہیں۔ گورنر جنرل کان پور واپس گئے اور بادشاہ لکھنؤ چلے آئے۔ بخیریت واپس آنے کی خوشی میں مبارک سلامت کی آوازیں بلند ہوئیں لیکن بادشاہ بہت فکر مند تھے ان کا دل بیٹھا جا رہا تھا انہیں محسوس ہو رہا تھا کہ کچھ ہونے والا ہے۔

لکھنؤ واپس آ کے انہیں بعض بیگمات کی بے وفائیاں یاد آ رہی تھیں انہوں نے فیصلہ کر لیا کہ اب ان کی وفاداریاں بھی آزمائی جائیں۔ بادشاہ نے اپنی تمام بیگمات کو یکجا کیا، یہ رات کا وقت تھا اور ماحول جھاڑ فانوس اور کنول کی روشنی سے منور تھا۔ بادشاہ نے خود کو افسردہ بنا لیا، چہرے پر حزن و ملال کی کیفیت طاری کر لی۔ وہ سر پکڑ کے بیٹھ گئے۔ بیگمات ان کے سامنے کھڑی بادشاہ کے بولنے کی منتظر تھیں بعض بیگمات بادشاہ کو افسردہ اور اداس دیکھ کر مسکرا رہی تھیں۔

تھوڑی دیر بعد بادشاہ نے سر اٹھایا اور بیگمات کو مخاطب کیا: "مہوشو اور جانِ عالم کے مہ پارو! ہم تم سب سے اس وقت ایک اہم بات کرنا چاہتے ہیں، گورنر جنرل بہادر حکومت کے نظم و نسق میں کچھ خاص قسم کی تبدیلیاں چاہتے ہیں اس کا اثر تم پر بھی پڑے گا اور ہم کچھ عرصے اس لائق نہیں رہیں گے کہ تمہیں تمہارا ماہانہ دیا جا سکے، چنانچہ ہم نے یہ فیصلہ کیا ہے کہ اس متوقع تبدیلی سے تمہیں مطلع کر کے یہ معلوم کریں کہ تم میں کتنی ایسی ہیں جو اس حالات میں بھی ہمارے ساتھ رہیں گی اور کتنی ہیں جو ہمیں پریشان کرنے کے بجائے یہاں سے چلا جانا پسند کریں گی، بخدا ہم یہ وعدہ کرتے ہیں کہ تم لوگ جو بھی فیصلہ کرو گی ہم اسے بخوشی مان لیں گے اور تم سے خفا نہیں ہوں گے!"

کچھ دیر سکوت طاری رہا اور بیگمات ایک دوسرے کو دیکھ کر بادشاہ کو کنکھیوں سے دیکھنے لگیں پھر آپس میں سرگوشیاں کرنے لگیں اور کچھ ہی دیر بعد انہوں نے اپنا متفقہ فیصلہ سنا دیا انہوں نے نہایت چرب زبانی سے بادشاہ کو مطلع کیا: "اگر بادشاہ سلامت واقعی ہمیں کچھ دینے کے لائق نہیں رہے ہیں تو ہمیں اپنے گھر چلے جانے کی اجازت مرحمت فرما دیں زندگی کی ضرورتیں اور حاجتیں سبھی کے ساتھ لگی ہیں، جب یہی نہ پوری ہوں تو کوئی کسی کی صورت دیکھ کر کس طرح زندہ رہ سکتا ہے!"

بادشاہ نے وہ سرگوشیاں بھی سنیں جو بعض بیگمات بادشاہ پر طنز وطعن کے لئے کر رہی تھیں
قیصر بیگم نے کہا: "بادشاہ سلامت اتنے کنگلے ہو گئے ہیں، بات سمجھ میں نہیں آتی!"
ننھی جان نے کہا: "جب یہاں سے اپنا ماہانہ نہیں ملے گا تو میری اماں تو مجھے جان ہی سے مار دیں گی!"
پری خانم نے تشویش سے کہا: "یہ خوب رہی کہ جس کے لئے میں نے اپنا شوہر چھوڑا تھا، وہی فقیر ہو گیا!"
واجد علی شاہ یہ سب سُنتے اور کھولتے رہے۔ انہیں ان سب سے ایسی امید ہرگز نہ تھی۔ بادشاہ نے ان سب کے لئے اسی وقت سواریوں کا انتظام کرا دیا۔ بعض مصاحبین نے بادشاہ کو اس جذباتی اور انتہائی فیصلے سے باز بھی رکھنا چاہا لیکن بادشاہ باز نہیں آئے۔
چلتے چلتے بیگمات نے بادشاہ سے کہا: "رخصت کرتے وقت ہم سے ایک وعدہ کیجئے!"
بادشاہ نے پوچھا: "وہ کیا؟"
بیگمات نے کہا: "اپنے گھروں میں ہم جیسی بھی زندگی گزاریں۔ بادشاہ کو اس پر اعتراض نہیں ہونا چاہیے اور نہ بادشاہ سلامت ہمارے گھروں پر اپنے نگران یا چوکیدار مسلط فرمائیں گے!"
بادشاہ نے ان کی درخواست منظور کر لی۔
ان کے چلے جانے کا بادشاہ کو اتنا ملال ہوا کہ ہر وقت اُداس رہنے لگے۔ بیگمات کی بے وفائی کا بوجھ دل پر لئے وہ کئی دن کھوئے کھوئے رہے۔ یہاں تک کہ اس ہجر و فرقت کے دوران انہیں بعض بیگمات کے مرنے کی خبریں موصول ہوئیں تو بادشاہ کو ان کی موت کا بھی یقین نہ آیا اور خبر دینے والوں سے یہ کہا کہ "ہم ان کی موت پر یقین نہیں کر سکتے، اُن کا قبروں میں اُترنا بھی یقیناً کسی فریب کا حصہ ہو گا اور جب تک وہ اپنی قبروں میں چالیس دن تک دفن نہ رہیں، ہم انہیں مُردہ نہ سمجھیں گے!"
اسی عالم حزن و یاس میں گورنر جنرل ہارڈنگ لکھنؤ پہنچ گئے۔ بادشاہ نے انکا استقبال کیا اور تخلیے میں لے گئے۔ گورنر جنرل کی آمد بے معنی نہیں تھی۔ انہوں نے تخلیے میں صاف صاف کہہ دیا: "حضور والا! مجھے کمپنی بہادر نے حکم دیا ہے کہ آپ کو کمپنی کے اس فیصلے سے مطلع کر دوں کہ آپ دو برس کے اندر اندر ملک کے نظم و نسق کو درست کر دیں، اگر آپ اس میں ناکام رہے تو کمپنی بہادر کو انتظام سلطنت میں ایسی تبدیلی کرنا پڑے گی جس کا اثر

بادشاہت پر پڑے گا!"

بیگمات کے ہجر و فراق کے مارے بادشاہ کو ایسا لگا جیسے در و دیوار گھوم رہے ہوں، دنیا تاریک ہونے لگی۔ بادشاہ رحم اور افسوس کی نظروں سے تھوڑی دیر تک لارڈ ہارڈنگ کو دیکھتے رہے پھر اچانک بچوں کی طرح گورنر جنرل کا دامن پکڑ لیا اور گڑگڑاتے ہوئے بولے۔ "لارڈ ہیسٹنگز نے ہمارے جد اعلا نواب سعادت علی خاں پر بڑے احسانات کیے تھے اسی طرح لارڈ آکلینڈ نے ہمارے دادا محمد علی شاہ کو تاج و تخت دلانے میں بڑی مدد کی تھی اسی طرح ہم نے آج آپ کا دامن پکڑ لیا ہے، ہمیں برسر اقتدار رہنے میں آپ کی مہربانیوں کی سخت ضرورت ہے اور جب تک آپ یہ وعدہ نہ فرمائیں گے کہ آپ نے ہماری درخواست قبول کر لی ہے ہم آپ کا دامن ہاتھ سے نہ چھوڑیں گے!"

گورنر جنرل نے اپنا دامن چھڑانے کی خاطر بادشاہ سے وعدہ کیا کہ وہ ان کی مدد کریں گے، گورنر جنرل نے ریزیڈنٹ کو کچھ ہدایتیں کیں اور کانپور واپس چلے گئے۔

بادشاہ ایک بار پھر اپنے تاج و تخت کی طرف سے مطمئن ہو گئے۔

⁂

جب بیگمات کو کسی طرح یہ بات معلوم ہوئی کہ بادشاہ کی مالی حالت خراب نہیں ہے اور انہوں نے یہ کھیل بیگمات کی وفاداریاں آزمانے کے لئے رچایا تھا تو ذرا شرمندہ ہوئیں اور یکے بعد دیگرے سبھی بادشاہ کے پاس پہنچ کر صدقے قربان ہونے لگیں، انہیں سامنے دیکھ کر بادشاہ پھر باغ باغ ہو گئے۔ قیصر بیگم، ننھی جان اور پری خانم سبھی کو باری باری گلے سے لگایا اور دیر تک ان کی بے وفائی کی شکایت کرتے رہے۔

قیصر بیگم نے آنسو بہاتے ہوئے کہا۔ "بادشاہ مجھ سے قسم لے لیں جو ان کی جدائی میں، میں نے آنکھ بھی لگائی ہو!"

ننھی جان کیوں پیچھے رہتیں، کہنے لگیں۔ "میری تو بھوک پیاس ہی اڑ گئی تھی، کھانا کھاتی تھی تو عجیب بدمزہ اور سیٹھا سیٹھا لگتا تھا، پانی پیتی تھی تو اس میں تلخی محسوس ہوتی تھی؟"

پری خانم گویا ہوئیں۔ "اپنا تو یہی مشغلہ رہ گیا تھا کہ رات کو اختر شماری اور دن کو جیسے تیسے وقت گذاری۔ کسی کام میں دل ہی نہ لگتا تھا، بادشاہ کے جدائی کے بعد اندازہ ہوا کہ انہوں نے میرے دل میں کتنی جگہ بنا رکھی ہے میں تو بادشاہ کے بغیر زندہ ہی نہیں

رہ سکتی !"

بادشاہ نے شکایتاً کہا۔" لیکن تم لوگ تو اپنی مرضی سے یہاں سے گئی تھیں، ہم جب اس بے وفائی کو یاد کرتے ہیں تو کلیجا منہ کو آنے لگتا ہے !"

قیصر بیگم نے کہا:" اس وقت ہمیں اس کا صحیح اندازہ نہیں تھا کہ حضور نے ہمارے دلوں میں کتنا گھر کر لیا ہے !"

بادشاہ نے ایک بار پھر ان بے وفاؤں کی وفا کا یقین کر لیا۔

ایک بار پھر مصاحبین اور خواتین نے محفل میں رنگ جمانا شروع کیا۔ غلام رضا خاں اور دوسرے مصاحبین نے بادشاہ کی خدمت میں منتخب مال پیش کرنا شروع کیا اور وہاں سے انعام واکرام حاصل کرنے لگے، بادشاہ کی ذات سے معلوم نہیں کتنے لوگ فیضیاب ہو رہے تھے اور کتنے خاندان پرورش پا رہے تھے۔

ایک دن بادشاہ نے پریشانی کی حالت میں قیصر بیگم کو طلب کیا اور اس سے تخلیے میں دریافت کیا:" تمہیں یہ مرض کہاں سے لگا ؟"

قیصر بیگم کوئی جواب نہ دے سکیں تو بادشاہ نے ذرا خفگی سے کہا۔" ہمیں یہ مرض تمہی سے لگا ہے !"

قیصر بیگم نے جواب دیا:" مجھے پتہ نہیں !"

بادشاہ نے کہا:" جب تمہیں یہ مرض لاحق تھا تو ہمیں ضرور بتانا چاہیے تھا ؟"

قیصر بیگم کوئی جواب دیے بغیر چلی گئیں۔ آہستہ آہستہ یہ مرض اتنی ترقی کر گیا کہ آبلے پڑ گئے۔ ان میں بلا کی ٹیسیں اٹھتیں اور بادشاہ کی آہیں نکل جاتیں، شاہی اطبا مرض کے دفعیے کی کوششوں میں لگے ہوئے تھے لیکن مرض تھا کہ امربیل کی طرح پھیلتا ہی جا رہا تھا۔ اس مرضِ موذی سے بیگمات اتنی خوفزدہ ہوئیں کہ انہوں نے بادشاہ سے دُور دُور رہنا شروع کر دیا۔ بادشاہ منتوں سماجتوں سے انہیں قریب بُلاتے اور وہ دُور ہی سے جواب دے کر رفوچکر ہو جاتیں، بادشاہ کو ان کی بے وفائی کا ایک اور تجربہ ہوا۔

بادشاہ درد اور ٹیسوں سے تڑپ رہے تھے اسی عالم میں سامنے سے ننھی جان گزری بادشاہ نے اسے آواز دی:" ننھی جان ! ہماری ایک بات سنو !"

ننھی جان نے دور ہی سے پوچھا:" کیا بات ہے ؟ فرمائیے !"

بادشاہ نے کہا:" وہاں نہیں، یہاں ہمارے قریب آؤ، ہمیں تم سے کچھ ضروری باتیں کرنا ہیں !"

ننھی جان نے بے رُخی سے ایک طرف جاتے ہوئے کہا۔" خدا بادشاہ پر رحم فرمائے یہ چھوت کا مرض ہے، حضور کو اس بات کا خود خیال ہونا چاہیے۔ خود تو بھگت رہے ہیں اس میں کسی اور کو کیوں مبتلا کریں!"

جب ننھی جان نظروں سے اوجھل ہوگئی تو بادشاہ پھوٹ پھوٹ کے رونے لگے۔ ابھی دل کا غبار اچھی طرح چھٹا بھی نہ تھا کہ پری خانم نظر آ گئیں، بادشاہ نے انہیں بھی آواز دی "پری خانم! ہماری ایک بات سنتی جاؤ!"

پری خانم نے ٹھٹھک کر بادشاہ کی طرف دیکھا اور پوچھا۔" کوئی خاص بات؟"

"ہاں، ہمارے قریب آؤ!"

پری خانم قریب آئی لیکن درمیانی فاصلہ دوگز سے کم نہ ہوا۔ بولی:" فرمائیے.....!"

بادشاہ نے تکلیف دہ لہجے میں کہا:" تم لوگ تو ہماری محبت کا اتنا دم بھرا کرتی تھیں کہ خدا کی پناہ، اور آج یہ حال ہے کہ ہم ایک موذی مرض میں پڑے سسک رہے ہیں اور تم لوگ کوئی خبر ہی نہیں لیتیں!"

پری خانم نے جواب دیا۔" میں حضور پر سے صدقے ہو جانے کے تیار ہوں لیکن جس آگ میں آپ پھنک رہے ہیں، اس میں مجھے جلنے پر مجبور نہ کیجئے، ویسے میں آپ کی کنیز ہوں جو حکم دیں گے بجا لاؤں گی!"

بادشاہ نے خوشامد سے کہا:" پری خانم! تم اک ذرا ہمارے پاس آجاؤ!"

پری خانم کچھ جھجک کے آگے بڑھی اور بادشاہ کے قریب جا کھڑی ہوئی۔ بادشاہ نے اپنا ہاتھ آگے بڑھایا اور پری خانم کا ہاتھ پکڑ لیا۔ پہلے تو پری خانم کا یہ جی چاہا کہ وہ وہاں سے بھاگ کھڑی ہو لیکن پھر کچھ سوچ کے برداشت کر گئی۔

بادشاہ اس کا ہاتھ سہلاتے رہے، ایک آدھ بار گرم جوشی سے دبایا بھی۔ پھر بولے "پری خانم! ہم تمہارے ممنون ہیں کہ تم نے ہم سے پرہیز نہیں کیا۔ ہمیں یہ مرض قیصر بیگم سے لگا ہے اور یہ خدا کی شان ہی تو ہے کہ آج ہم سے وہ بھی کترا رہی ہیں!"

پری خانم نے کوئی جواب نہ دیا، وہ بادشاہ کی طرف سے مُنہ پھیرے بیٹھی رہی۔ تھوڑی دیر بعد بادشاہ نے ہاتھ چھوڑ دیا اور پری خانم کو جانے کی اجازت دیتے ہوئے کہا:" اب تم جا سکتی ہو، ہم تمہارے احسان مند ہیں اور درخواست کرتے ہیں کہ کبھی کبھی ہمارے پاس آجایا کرو!"

پری خانم پھر آنے کا وعدہ کر کے آئے اور بیسن سے ہاتھ دھونے لگی، بادشاہ پری خانم

کو دیکھتے رہے جب وہ ہاتھ دھو چکی تو بادشاہ نے اسے پھر آواز دی: "پری خانم! ذرا ہمارے پاس تو آنا!"

پری خانم نے اس بار ذرا بے رُخی اختیار کی اور دور ہی سے پوچھا: "آخر بات کیا ہے ابھی تھوڑی دیر پہلے تو میں آپ ہی کے پاس بیٹھی تھی!"

بادشاہ نے بے بسی سے کہا: "ہمیں تم سے ایک بات پوچھنی ہے!"

پری خانم دو گز دور جا کھڑی ہوئی اور کہا: "کیا پوچھنا ہے، فرمائیں!"

بادشاہ نے افسوسناک لہجے میں جواب دیا: "تم ابھی کیا کر رہی تھیں؟"

پری خانم نے درشت لہجے میں جواب دیا: "آنے ٹبیسن سے اپنے ہاتھ دھو رہی تھی!"

بادشاہ نے پوچھا: "وہ کیوں؟"

پری خانم نے جل کے کہا: "آپ تو اتنی معصومیت سے باتیں کر رہے ہیں گویا کچھ جانتے ہی نہیں، میں تو دن رات خدا سے یہ دعا کر رہی ہوں کہ وہ آپ کو اس موذی مرض سے نجات دے، آپ کا مرض اتنا خطرناک اور مہلک ہے کہ اس کے مریض کو روئی تک لکڑی میں باندھ کر دی جاتی ہے کیوں کہ ایسے مریض کا جسم چھونا بہت خطرناک ہوتا ہے!"

بادشاہ جس جگہ بیٹھے تھے، یہ جگہ شہنشاہ منزل کہلاتی تھی۔ یہیں بیگمات سے ملاقاتیں ہوتی تھیں اور یہیں زندگی کے دلچسپ اور پُرلطف ترین مشاغل انجام پاتے تھے۔ پری خانم کی باتیں تیر کی طرح دل میں اُتر گئیں، بادشاہ ایک کونے میں چلے گئے اور دیر تک روتے رہے پھر اٹھے اور شہنشاہ منزل مقفل کرا کے محل کے کسی حجرے میں منتقل ہو گئے۔

علاج ہوتا رہا اور ریزیڈنٹ بہادر بادشاہ کے خلاف چپکے چپکے کام کرتے رہے، بادشاہ کو گورنر جنرل کی تسلی تشفی پر کامل اعتماد تھا لیکن دوسری طرف ریزیڈنٹ سلیمن نے بادشاہ اور ان کے نظم و نسق کی ابتری کی جو رپورٹ کمپنی کو روانہ کی اس نے ایک تہلکہ مچا دیا۔

بادشاہ صحت یاب ہو گئے، گورنر جنرل لارڈ ہارڈنگ کی جگہ لارڈ ڈلہوزی آ گئے اور بادشاہ کے خلاف ریزیڈنٹ اور ڈلہوزی میں مشورے ہوتے رہے — بادشاہ کی زندگی کا ایک خاص انداز تھا اور وہ اس کے اتنے عادی ہو چکے تھے کہ اگر وہ یہ چاہتے کہ اس سے نجات حاصل کر لیں تو یہ بات ان کے اختیار کی نہ تھی۔

گورنر جنرل نے نظم و نسق کی درستی کے لئے دو سال دیے تھے اور اب اس بات کو نو سال گزر چکے تھے۔ اس عرصے میں کتنی ہی بیگمات آئیں اور چلی گئیں، بادشاہ کا عشق ادھر سے

اُدھر اور نئی نئی بیگمات کی طرف منتقل ہوتا رہا۔ ریزیڈنٹ سلیمن کی جگہ جنرل اوٹرم نے سنبھالی اور بیگمات میں ایک بہشتن پر نظرِ کرم جو ہوئی تو بادشاہ نے اس سے متعہ فرما کر نواب آب رسا بیگم کا خطاب مرحمت فرمایا اور اسی طرح ایک مہترانی کو نواب مصفا بیگم کا خطاب عطا ہوا۔

بادشاہ کچھ عرصے سے یہ محسوس کر رہے تھے کہ ان کے بعض مصاحبین گستاخیاں کرنے لگے ہیں اور دورانِ گفتگو اختلافِ آرا کی جرأت کرنے لگے ہیں، یہ بات چونکا دینے والی تھی۔ جس طرح طوفان آنے سے پہلے پرندے اِدھر اُدھر پرواز کر کے محفوظ علاقوں کی طرف نکل جاتے ہیں، اسی طرح مصاحبین عمل کر رہے ہیں۔ بادشاہ نے غلام رضا خاں سے پوچھا "ہم تم میں کچھ فرق محسوس کر رہے ہیں یا یہ فرق واقعی پیدا ہو گیا ہے؟"

غلام رضا خاں نے جواب دیا۔ "حضور فرق ہم میں نہیں، ریاست میں آنے والا ہے اور میرا یہ مشورہ ہے کہ حضور اودھ کا نظم و نسق افرنگیوں کے حوالے کر کے دست کش ہو جائیں!"

بادشاہ کے دل پر گہری چوٹ لگی۔ اتنے میں نواب علی نقی خاں بھی پہنچ گئے اور تخلیے میں لے جا کے بادشاہ کو سمجھایا۔

"حضور والا! ریزیڈنٹ بہادر نے کمپنی اور گورنر جنرل کے حکم پر اشتہار کی نقلیں تمام تھانوں میں چسپاں کرا دی ہیں، اس میں ۱۸۰۱ء کے معاہدے کی نقل بھی شامل کر دی گئی ہے۔"

بادشاہ نے گھبرا کر پوچھا۔ "آخر یہ افرنگی ہم سے کیا چاہتے ہیں؟"

وزیر علی نقی نے گردن جھکا کے عرض کیا۔ "حکومت ان کے پاس چلی جائے تو انہیں آٹے دال کا بھاؤ معلوم ہو جائے، ریزیڈنٹ بہادر چاہتے ہیں کہ ملک کا انتظام ان کے حوالے کر دیا جائے اور اس ناچیز کے خیال میں ریزیڈنٹ بہادر خود اس چکر میں پھنس رہے ہیں تو ہم کیوں پریشان ہوں؟ کیوں نہ اقتدار انہیں منتقل کر کے چین سے تماشا دیکھیں!"

وزیر کا یہ مشورہ بادشاہ کی سمجھ میں نہ آیا اور انہوں نے ایسا کرنے سے انکار کر دیا۔

وزیر کے چلے جانے کے بعد بادشاہ نے کچھ سوچ کر محل کے آس پاس نصب شدہ توپیں ہٹوا دیں اور اپنے محل سرا کے عملے کو غیر مسلح کر دیا۔ بادشاہ کی ماں، مرزا سکندر کو ساتھ لے کر وہاں پہنچ گئیں۔ بادشاہ نے مرزا سکندر سے آنکھ تک نہ ملائی۔ دوسری طرف مرزا سکندر بھی شرما رہے تھے۔

اسی وقت ریزیڈنٹ بہادر بھی وہیں پہنچ گئے اور کمپنی بہادر کا حکم سناتے ہوئے بادشاہ سے کہا۔ "کمپنی بہادر آپ کے اعزاز اور مرتبے میں کوئی کمی نہیں کرنا چاہتی۔ وہ آپ کو بارہ لاکھ روپے اور شاگرد پیشہ اور عملے کے لئے تین لاکھ روپے سالانہ دینا چاہتی ہے!" اس

کے بعد ریزیڈنٹ نے اپنی جیب سے کمپنی کا معاہدہ نکالا اور بادشاہ کے سامنے رکھ کر کہا۔" بس آپ کا کام یہ ہے کہ اس پر دستخط فرما دیں!"

بادشاہ نے دستخط سے انکار کرتے ہوئے کہا۔" ہم دستخط نہیں کریں گے!"

بادشاہ کی والدہ نے کہا۔" اگر کمپنی یہ محسوس کرتی ہے کہ واجد علی شاہ نااہل ہیں تو وہ ان کی جگہ مرزا سکندر کو اودھ کا تاج و تخت دے سکتی ہے!"

ریزیڈنٹ نے افسوس سے جواب دیا۔" اب وقت نکل چکا ہے!"

بادشاہ نے کہا۔" یہ ظلم ہے، زیادتی ہے، سراسر ناانصافی ہے، ہم لندن جا کے اس فیصلے کے خلاف اپیل کریں گے!"

ریزیڈنٹ نے درخواست کی:" آپ جو چاہیں کریں، آپ کو آزادی حاصل ہے لیکن اس معاہدے پر دستخط ضرور فرما دیں تاکہ آپ کو پندرہ لاکھ روپے سالانہ ملتے رہیں!"

بادشاہ نے خوشامدانہ انداز اختیار کیا، بولے:" ریزیڈنٹ بہادر! آپ کے خیال میں کیا یہ زیادتی نہیں؟ کیا آپ ہمارے حق میں کمپنی بہادر سے کوئی سفارش بھی نہیں کر سکتے؟"

ریزیڈنٹ نے افسوس سے جواب دیا۔" حضور والا! ہم مجبور ہیں!"

بادشاہ نے کہا۔" اچھا اودھ کی ضبطی کا عمل اس وقت تو ملتوی کر سکتے ہیں جب تک ہماری اپیل کا فیصلہ نہ سنا دیا جائے!"

ریزیڈنٹ نے پھر وہی جواب دیا۔" ہم مجبور ہیں!"

" آپ کسی کا گھر چھین لینے پر مجبور ہیں۔ آپ ہم پر ظلم ڈھانے پر مجبور ہیں۔ خوب ایسی مجبوریوں سے خدا ہر شریف کو بچائے!" اس کے بعد بادشاہ پھوٹ پھوٹ کے رونے لگے مرزا سکندر بھی رو رہے تھے لیکن ان کی ماں خاموش تھیں اور یہ قیامت مردانہ وار جھیل رہی تھیں۔

ریزیڈنٹ بہادر سر جھکائے معلوم نہیں کیا سوچ رہے تھے۔

بادشاہ نے یکایک سر اٹھایا اور غصے میں کہا۔" آپ کچھ بھی کہیں، آپ ہمیں بے ملک، بے وطن اور بے گھر کر دیں اور یہ ایسا ظلم ہے کہ جس میں مظلوم مقابلے پر آمادہ ہو جاتا ہے لیکن ہم آپ سے جنگ نہیں کریں گے، یہ ہمارا فیصلہ ہے اودھ کے شریف بادشاہ کا فیصلہ!"

ریزیڈنٹ بہادر نے جواب دیا۔" شکریہ، بہت بہت شکریہ!"

اس افتاد سے مصاحبین زمانہ ساز اور بیگمات موقع پرست کو بادشاہ نے جدا

کر دیا۔ محل ویران ہو گیا اور ہر چہار سمت نفسا نفسی کی کیفیت نظر آنے لگی!

⁂

بادشاہ نے یہ فیصلہ کر کے کہ وہ لندن پہنچ کے کمپنی کے ڈائرکٹران کے روبرو پیش ہوں گے، کلکتے کا رُخ کیا۔ تقریباً نو بیگمات اب بھی ہمراہ تھیں کل پانچسو افراد پر مشتمل یہ قافلہ الہ آباد پہنچا اور الہ آباد سے بنارس روانہ ہو گیا۔ دریا پار کرنے کے بعد بادشاہ جس گاڑی میں بیٹھے، اس میں ان کے ساتھ جعفری بیگم نامی نہایت شوخ اور شریر بیگم بھی سوار تھیں۔ ان دنوں بادشاہ ان پر اس بُری طرح مٹے ہوئے تھے کہ دوسری خواتین رشک و حسد میں مبتلا ہو گئی تھیں۔ دریا کے کنارے کے بالو میں بادشاہ کی گاڑی کا پہیہ پھنس گیا۔ لوگوں نے نظریں پھیر لیں، بادشاہ گاڑی سے اُتر پڑے اور کچھ دیر انتظار کیا کہ کوئی جاں نثار آگے بڑھے اور گاڑی میں دھکا لگا دے لیکن جب کسی نے توجہ نہ دی تو بادشاہ نے خود دھکا لگا کے گاڑی کو بالو سے نکالا۔

دریائے بھاگیرتی کے کنارے مٹیا برج میں یہ قافلہ ٹھیر گیا، یہاں بادشاہ کی طبیعت خراب ہو گئی اور طبیبوں نے بادشاہ کو بحری سفر سے منع کر دیا۔ مجبوراً دوسرے لوگ فریادی بنا کے روانہ کر دیے گئے۔

جب حالات نے انہیں پریشان کرنا شروع کیا اور خرچ کی تنگی ہونے لگی تو بادشاہ نے کمپنی کی پیش کش قبول کر لی۔ بادشاہ کی سلطنت ۴ر فروری ۱۸۵۶ء میں ضبط ہوئی تھی اور تقریباً ایک سال بعد ہندوستان میں غدر برپا ہو گیا، غدر جو حقیقتاً تحریکِ آزادی تھی۔ اس نازک اور خطرناک موقع پر بادشاہ کو فورٹ ولیم میں منتقل کیا جانے لگا، بادشاہ بیگمات سے جدا ہوتے وقت بہت روئے۔ وہ باری باری تمام بیگمات سے گلے ملے اور ان سے وفادار رہنے کی درخواست کی، ان میں قیصر بیگم بھی شامل تھیں جو شاید اس توقع پر آگئی تھیں کہ ممکن ہے بادشاہ کو حکومت پھر واپس مل جائے لیکن جیسے جیسے وقت گذر رہا تھا، وہ مایوس ہوتی جا رہی تھیں۔

قیصر بیگم نے فورٹ ولیم میں نظربندی کے لئے جانے والے بادشاہ کا ہاتھ پکڑ لیا اور کہا۔ "جانِ عالم! تم مجھ سے آخری بار مل لو!"

بادشاہ نے چونک کر پوچھا۔ "آخری بار کیا مطلب؟"

قیصر بیگم نے بے رُخی اور بے مروتی سے کہا۔ "اب میں تمہارے پاس نہیں رہ سکتی

کیونکہ اب تم بادشاہ نہیں، ایک قیدی ہو اور مجھے ایک قیدی کی بیگم کہلاتے ہوئے شرم سی محسوس ہوتی ہے!"

بادشاہ کی آنکھوں میں آنسو آ گئے، انہوں نے ایک سرد آہ بھری، بولے: "سچ کہتی ہو قیصر بیگم! اب ہم بادشاہ نہیں رہے۔ اب ہم ایک قیدی ہیں اور شاید اسی لئے اب تم ہمیں تم اور تو سے مخاطب کر رہی ہو!"

بادشاہ فورٹ ولیم کی تنہائی سے اُکتا گئے، انہیں حکومت کا اتنا غم نہیں تھا جتنا بیگمات کی جدائی کا تھا۔ جب کسی طرح چین نہ ملا تو انہوں نے بعض بیگمات کو خطوط لکھے،

انہوں نے ایک بیگم کو لکھا: "تم اپنی مسّی بھیجدو۔ اس سے ہمارے دل کو سکون پہنچے گا!"

دوسری بیگم کو لکھا: "اختر محل! تمہاری زلفوں کو سونگھے ہوئے ایک زمانہ گزرا، خدا کے لئے چند بال توڑ کے روانہ کر دو، دل کا برا حال ہو رہا ہے!"

جعفری بیگم کو لکھا: "تمہارے دوپٹے اور دلائی کی بو ہمیں دیوانہ بنائے رکھتی ہے جناب امیر کا واسطہ، یہ دونوں چیزیں روانہ کر دو، ہم تمہیں زندگی بھر دعائیں دیں گے!"

جب یہ چیزیں بادشاہ کو قلعے میں پہنچ گئیں تو انھوں نے ان چیزوں کو آنکھوں سے لگالیا، اس وقت وہ پاگلوں جیسی حرکتیں کر رہے تھے۔ کبھی انہوں گالوں سے لگاتے کبھی پیشانی سے ملتے۔ کبھی آنکھوں پر رکھ لیتے اور کبھی سینے پر دل کے قریب رکھ کر دونوں ہاتھوں سے دبا کے ہم آغوشی کی لذت اٹھاتے۔ انہیں ہر وقت نظروں کے سامنے رکھتے اور جب سوتے تو انہیں سینے پر رکھ لیتے۔

ہندوستان کے ہنگاموں کی خبریں انہیں بھی مل رہی تھیں، مراد آباد، دہلی، میرٹھ جھانسی، کان پور غرضیکہ جہاں جہاں انگریزوں سے معرکے ہو رہے تھے کسی نہ کسی طرح بادشاہ کو اس کی خبر ہو جاتی تھی۔

ایک دن کسی ملازم نے بادشاہ کو تخلیے میں بہت ساری خبریں سُنا کے یہ سنسنی خیز خبر بھی سنائی۔

"حضور والا فرنگیوں کے خلاف ہر جگہ جنگ چھڑی ہوئی ہے یہاں تک کہ جھانسی کی رانی تک میدانِ جنگ میں کود پڑی ہے!"

بادشاہ نے فخریہ کہا: "افسوس افسوس۔ اور یہ فخر صرف ہمیں حاصل ہے کہ فرنگیوں کا اتنا ظلم سہہ جانے کے باوجود تشدد پر آمادہ نہیں ہوئے!"

اس شخص نے دوسری سنسنی خیز خبر سنائی: "اور حضور والا! قیصر بیگم فرار ہو گئیں!"

بادشاہ کی دونوں آنکھیں پوری طرح کھل گئیں، بالکل اس طرح جیسے اُبل ہی تو پڑیں گی، آہستہ آہستہ غم زدہ آواز میں بولے: "بے وفا کہیں کی، قیدی کی بیوی بھاگ گئی، اسے تو بھاگنا ہی تھا!"

خبر دینے والے نے تیسری سنسنی خیز خبر سنائی: "اور حضور والا! آپ کے قلعے کا خدمتگار باقر علی آپ کا ساتھ چھوڑ کر فرار ہو چکا ہے، اب حضور یہاں تنہا رہ گئے ہیں!"

بادشاہ کے دل پر کئی چوٹیں لگ چکی تھیں، انہوں نے آہستہ سے کہا "چلا جانے دو، ہم تنہا رہ کر بھی جی لیں گے!"

مخبر نے آخری تکلیف دہ خبر سنائی: "اور حضور والا! باقر علی اپنے ساتھ جعفری بیگم کی دونوں یادگاریں لے گیا۔ دلائی اور دوپٹا بھی!"

اب بات بادشاہ کی برداشت کی نہ رہی تھی وہ اوندھے منہ مسہری پر گر گئے — انہوں نے دونوں ہاتھوں سے دل پکڑ لیا اور گڑگڑاتے ہوئے بولے: "خداوندا! اس صدمۂ عظیم کے برداشت کی قوت عطا فرما، جعفری بیگم کی دلائی اور دوپٹا! آہ اب یہ دونوں چیزیں ہم کہاں پائیں گے! اب یہ ہمیں کہاں ملیں گی!"

⁂

شہد اور گوند کے اسلوب کا ایک اور تاریخی ناولٹ

عشق کی آگ

مصنف : الیاس سیتاپوری

بین الاقوامی ایڈیشن جلد منظر عام پر آ رہا ہے